薄幸な公爵令嬢（病弱）に、残りの人生を託されまして2

前世が筋肉喪女なのに、皇子さまと偽装婚約することになりました!?

夕鷺かのう

B's-LOG BUNKO
ビーズログ文庫

Contents

鳴《なる》鐘《かね》呉《くれ》葉《は》
29歳脳筋ＯＬ。武術全般なんでもござれの鳴鐘道場師範代。弟・優希の結婚式を心待ちにしていたがあえなく死亡。クレハに転生し、病弱な武闘派令嬢として人生第二の幕が開く……!?
クレハ・メイベル
『立てば卒倒、座れば目眩、歩く姿は死に損ない』と揶揄されるほどの病弱な公爵令嬢。毒を盛られたため、最後の力を振り絞り、強靭な魂を持つ呉葉を召喚した。
イザーク・ナジェド
ハイダラ帝国から遊学中の第二皇子。政争回避のために13歳の時に自ら人質に名乗り出た。偶然見かけたクレハの鮮やかな武術に圧倒されつつ、彼女の中身の入れ替わりに気づく。
前世が筋肉喪女なのに、皇子さまと偽装婚約することになりました!?
薄幸な公爵令嬢（病弱）に、残りの人生を託されまして 2
キャラクター紹介

アイシャ・メネクシェ

ハイダラ帝国の第一皇女。
イザークとは幼い頃から仲がいい。
「おしゃれマニア」で、珍しいドレスや
アクセサリーに目がない。

ラシッド・カプラーン

ハイダラ帝国の第一皇子で、
対エーメ強硬派の筆頭格。
イザークを毛嫌いし、敵対視する。
権謀家で、自分の手を汚さず
相手を操るすべに長けている。

テオバルト・メイベル

メイベル公爵家の若き当主。
エーメ国王の側近も務めるほどの
逸材だが、重度のシスコン。
イザークとは幼馴染みで仲がいい。

イラスト／南々瀬なつ

プロローグ

鳴鐘呉葉《なるかねくれは》、二十九歳、女。

趣味《しゅみ》は筋トレ、特技は実戦向きの総合武術。身分は社畜《しゃちく》と実家の道場師範代《しはんだい》。

友人知人に「人型最終兵器」「服を着たヒグマ」「雌型《めがた》のランボー」と評される、およそ殺しても死にそうにない強靱《きょうじん》な精神と屈強《くっきょう》な肉体を誇《ほこ》っていたはずの彼女だが、ある日、突然《とつぜん》に命を落とした。

晴天《せいてん》の霹靂《へきれき》とはこのことである。

しかも、夢にまで見た弟の結婚式《けっこんしき》を目前に、まさかの事故死。正確には、溺《おぼ》れていた子どもを救おうとして犠牲《ぎせい》になったのだ。

死期には「せめてあと二週間……いや一週間待ってほしかった」などなど少々物申したいものの、死んだこと自体と死因は是非《ぜひ》もない。子どもは助かったようだし、自分の死を嘆《なげ》き悲《かな》しんでくれた弟や義妹《いもうと》も、どうにか気を持ち直して再出発したようだ、という点も判明したもので。

ただし。

（死んでから、剣《けん》と魔法《まほう》のファンタジーな異世界の高貴なお嬢様《じょうさま》に転生するのは、……さすがに予想外にもほどがあった！）

鳴鐘呉葉、二十九歳――改め、クレハ・メイベル、もうすぐ十六歳。

残りをよろしくと当のお嬢様本人に託《たく》され、新たに幕を開けた第二の人生だが。

さっそく今、ひとつ大きな難問に直面していた。

#1

「うーん……」

ヴィンランデシア西大陸で最大の面積を誇《ほこ》るエーメ王国、その首都ツォンベルン。「ざっくり東京でいうと赤坂《あかさか》とか白金台《しろかねだい》とかかな？　いやむしろアメリカのビバリーヒルズとか」と呉葉《くれは》が勝手にあたりをつけている、花の都の中心部でもとりわけやんごとない人々の住まうエリアに、メイベル公爵邸《こうしゃくてい》はある。

その広大な館《やかた》の一角、クリーム色や薄緑《うすみどり》を基調とした柔《やわ》らかな彩《いろど》りに囲まれた、公爵《こうしゃく》令嬢《れいじょう》のための居室にて。呉葉は一人、腕《うで》を組んで悶々《もんもん》としていた。

前世でこそ、典型的な日本人らしい平面顔をくっつけた非典型的な身長百八十オーバーの大女だった呉葉だが、今の姿は本来の公爵令嬢《れいじょう》クレハ・メイベルから引《ひ》き継《つ》いだものなので、かなりの違《ちが》いがある。

腰《こし》を過ぎるほどの長さまで伸《の》びて緩《ゆる》やかに波打つ、麦穂《むぎほ》を思わせる淡《あわ》い黄金の髪《かみ》。春に綻《ほころ》ぶスミレ色の澄《す》んだ瞳《ひとみ》。ほっそりした肢体《したい》は、桜色の爪《つめ》を持つ指の先に至るまで華奢《きゃしゃ》で優美。およそシックスパックに腹筋が割れようもない折れそうな柳腰《やなぎごし》を、さらにきゅっとコルセットで締《し》めつける、愛らしい萌黄《もえぎ》のドレスを纏《まと》っている。繊細《せんさい》にして儚《はかな》げ。まさに絵に描《か》いたような、「守ってあげたくなる系」の美少女だ。鏡を見るたび「プチトマト丸呑《まるの》みしたら食道下りてくとこ透《す》けて観察できる気がする」と常々思っているなめらかな白磁《はくじ》の肌《はだ》は、かつて呉葉の魂《たましい》が宿る前の〝彼女〟が、「目を離《はな》したら今にも息絶えそう」と王都中で噂《うわさ》になるほどに病弱だったことの名残《なごり》である。

トマト丸呑みはそのうち試《ため》してみるとして、——それはさておき、と。呉葉は、直面している悩《なや》みの種《たね》に向き直った。

(これは……どう理解したもんなのかなあ……)

落とした視線の先には、瀟洒《しょうしゃ》なガラス天板のティーテーブル。その上にのっかっているのは、白銀の髪飾《かみかざ》りだ。

いわゆるかんざしタイプで、てっぺんには小さな花が連《つら》なった細工の中に、エメラルドやアメジストらしき宝石が煌《きら》びやかに散りばめられている。取り付けられた細い銀のチェーンも上品な、前世で価格換算《かかくかんさん》すると、銀座《ぎんざ》の高級専門店あたりで目ん玉が物理的に飛び出かねない高値で売っているであろう、それ。

呉葉が自分で買うわけもなく、こちらの世界で新たにできた「兄」に用意してもらったわけでもない。たいそう見事な髪飾り。——その贈《おく》り主《ぬし》が問題だった。

(いや、イザークは一体、何を考えてこんなものを私にくれたんだろ……)

イザークというのは、フルネームをイザーク・ナジェドという、呉葉にとってはちょっと複雑な関係の相手である。

早い話が「本物のクレハちゃんにとっては幼馴染《おさななじみ》のお兄さんで、今の自分にとってはクレハ・メイベルの中身が異世界から来た鳴鐘《なるかね》呉葉だと知っている唯一《ゆいいつ》の人間で、かつ秘密の共有者、その他付随《ふずい》する属性がもろもろもろ」……。話してみると早くもなんともなかったが、ざっくり言えばそういう存在だ。

イザークは二十歳《はたち》で、中身の実年齢《じつねんれい》が二十九の呉葉からすれば、頼《たよ》りになる水先案内人のようであり、新たな弟のようでもあり。気軽に話せる友人であり、また頼れる戦友ですらあり。実際に先般《せんぱん》、クレハ・メイベル本人に毒を盛《も》った暗殺犯、快楽連続殺人鬼《かいらくれんぞくさつじんき》のジョアン・ドゥーエを確保《かくほ》した時も、イザークと二人がかりでカタをつけたのだった。

とりあえず、複雑な関係ではあれど、そこに色気のかけらも、むしろ「い」の字の一画目すら感じ取れない。そんな対象だと認識《にんしき》していた相手で。ついでに呉葉は、「イザークにとっての自分もそうだ」ということに、微塵《みじん》の疑いも抱《いだ》いていなかった……わけだが。

――今はそれでいいや。意味を知らないなら受け取るだけで。

（単なる偶然《ぐうぜん》……じゃ、ない……よね。これくれる時、あんなこと言ってたし）

おまけに、「あんたに渡《わた》すために作ったものだから、受け取ってもらわないと困る」とまで宣《のたま》っていた。

そして極《きわ》め付《つ》きに気がかりなのが、渡された時の名目である。なんでも、「ハンカチをもらったから、その返礼」ということで。

（返礼も何も……そもそもハンカチをイザークにあげた理由ってのが、ジョアンを捕まえる作戦の一環《いっかん》だったんだけど）

本物のクレハの能力を受け継いで、飛《と》び抜《ぬ》けて高い魔力《まりょく》を備え転生した呉葉は、『時空転移』や『重力操作』という素質を有していた。魔法《まほう》の才は貴族身分の人間が具《そな》えている場合が多いそうで、とりわけ呉葉の持つ二つの属性は、世界的に見ても稀《まれ》だという。

残念ながらいきなり魔法を使いこなせるチートな才能にまでは恵《めぐ》まれていなかったようで、今のところそのポテンシャルはほとんど引き出せてはいない。練習の結果、呉葉が唯一使えるようになったのが「自分の持ち物を渡した相手を、自分のそばに瞬間《しゅんかん》ワープさせる」魔法だった。つまりハンカチは、くだんの暗殺犯と戦う時に、イザークを己《おのれ》のもとに呼び寄せるために必要な小道具であっただけ。

それも「何かもらえるならハンカチがいい」というイザークの希望に従った結果であり、応じる際には「ああ、一枚あると汗《あせ》とか拭《ふ》けるもんね」としか考えず。呉葉にはひとつの他意もなかった。天地神明《てんちしんめい》、ついでに鍛《きた》え抜《ぬ》いた前世の腹筋背筋ヒラメ筋その他諸筋肉に誓《ちか》ってもいい。――のだが。

なんでも。

淑女《しゅくじょ》が紳士《しんし》にハンカチを渡すときは、「あなたを愛しています」という求愛の意思表示で。相手がそれに装身具を返したときは、「あなたの気持ちに応えます」という意味になる、と。

エーメ貴族のマナー本――よりによって、異世界の常識に疎《うと》い呉葉のために、当のイザークが手土産《てみやげ》として持ち込んでくれたものだ――を読んで知った呉葉は、遅《おく》ればせながら「ヘアッ⁉」と三分間だけ巨大化《きょだいか》できる特撮《とくさつ》ヒーローのごとき奇声《きせい》を発する羽目になったのだった。

（とにかく私は知らなかったんだって！　そんなの！　イザークだって、よもや私がそんな下心つきでハンカチをあげたとは思ってないだろうし）

いや、――だとしたら、そもそも彼はなぜ呉葉にハンカチをねだったのだろうか？

問題はそこからで、かといってなんの意図もないのであれば、わざわざ装身具を返してくる理由にも、説明がつかなくなる。いつもなら持参の土産は、魔力の代謝《たいしゃ》で常に腹ペコな呉葉のために食べ物一択《いったく》なのに。

（あのハンカチって、それに対してアクセサリーって……えーとつまり？　あっ、ひょっとしなくても冗談《じょうだん》のつもりだったとか？　けどイザークって、そういうふざけかたするタイプには見えないんだよなあ……。あと、ギャグ落ちにするにはこの髪飾り、ちょっとお金も手間もかかりすぎてるし。うーん、うーん……うーん……）

とにかく呉葉は悩んだ。

うっかり知恵熱《ちえねつ》が出そうなくらい悩んだ。

脳みそが筋肉痛になるかと思ったレベルだ。なお、この頭蓋骨《ずがいこつ》に収まっているのは、大胸筋ならぬ大脳筋という前提である。使いすぎると、他の筋繊維《きんせんい》より摩耗《まもう》が早い。

真意をイザーク本人に尋《たず》ねようにも、「テオには内密にな」という意味深な発言までもらったことを考えると、なかなか勇気が出ない。下手につついては藪蛇《やぶへび》になる可能性もある。

（いやいやいや。藪蛇って何。果たしてその藪に蛇がいるのかって話よね!? 出てくるなら出てくるでどんな蛇を想定してるの私も!? むしろ……まずもってそういう私こそ、イザークのこと、どう思っているんだろ……？）

だから年下で年上で、繰《く》り返《かえ》しになるが頼れる戦友で、秘密の共有者で。

（って、それだけ……？ いやでも、なんかこれ以上突《つ》っ込《こ》んで考えると、何かの取り返しがつかなくなる……ような……）

行ったり来たりの思考回路は、「割り切って即《そく》行動」が信条の呉葉としては、珍《めずら》しくも歯痒《はがゆ》いもので。

そもそも、彼の行動の真意にも、自分の気持ちにも。簡単に「こうだ！」と出方を決めきれない原因には、別の悩みもあった。

（本物のクレハちゃんが、二度とこの体に戻《もど》って来《こ》られないって判明しちゃったんだもんなあ……）

いかに天に大陸や島が浮《う》き、ごく当たり前にドラゴンが生息する、剣《けん》と魔法のファンタジーな異世界といえど、毒殺されて一度肉体を離れてしまった令嬢クレハの魂は、もう決して生き返ることはできない宿命らしい。「ホニャララボールがあるから大丈夫《だいじょうぶ》！」ができるかと思いきや、そこはなかなかご都合主義とはいかないものである。

そのため当初、仇《かたき》を討《う》ったらクレハに身体《からだ》を返却《へんきゃく》する予定でいた呉葉だが、ここに新たなタスクが発生した。

――わたくしを、クレハ・メイベルを、あなたの未来にどうか連れていって。

ジョアン・ドゥーエを倒《たお》したのち、気を失った呉葉は、夢の中でクレハと再会した。

見渡《みわた》す限り青く、広大で不可思議な空間は、今思えば、あの世とこの世の境目《さかいめ》だったのだろうか。そこで、「鳴鐘呉葉」が死んだあとの現代日本での家族たちの様子を見せてもらった呉葉は、「クレハ・メイベル」から改めてその残りの人生を肩代《かたが》わりしてほしいと頼《たの》まれたものである。

（肩代わりっていうか……私は私として、幸せになってほしいって言ってくれた）

死んでしまった者の願いは、残された者の幸せだけ。

今はただ、呉葉が信じて進む道の、その先を見たい――

そう言ってくれたクレハのために、終わってしまった「鳴鐘呉葉」としての人生に気持ち的にも区切りをつけ、幸せになれるよう再出発すると決めたのだ。

だが、来《こ》し方《かた》は「我《わ》が生涯《しょうがい》に一片《いっぺん》の悔《く》いなし！」と根性《こんじょう》と日にち薬でどうにかなっても、「公爵令嬢としての幸せな人生を全うする」にはどうしたもんかと、行《ゆ》く末《すえ》の方を決めあぐねていた。

（異世界で異国で、かつ貴族令嬢の幸せって……果たして……？

正直どんなもんかなあ、というのが疑問なのだ。

この人生は、どこまで自分の好きにしていいのだろう。全面的に託《たく》されたとはいえ、やっぱり「借り物だから格別大事に考えないと」という気構えは如何《いかん》ともしがたい。

ちなみに本物のクレハが考える「貴族令嬢としてのあるべき姿」は、しかるべき家に嫁《とつ》ぎ、子をなして、血をつなぐこと、だったらしい。けれど、それに関しては「もうどうでもいい」と彼女は言っていた。新たに再出発する、呉葉の心のままに生きてほしいと。

（あの言葉に、一切《いっさい》ウソなんてあるわけないし。じゃ、ありがたく受け取って、さあ自分は自分で行くまでだ！　とかってカッコつけて決めたところで、……やっぱりこの身体と、『クレハ・メイベル』って名前には、クレハちゃんがきちんと丁寧《ていねい》にこの歳まで過ごしてきたことに対する、責任の重みってのが課されてると思うのよね。彼女が大事にしていた、テオバルトお兄さんの意向だってあるし……）

クレハと呉葉。

生まれと世界と生き方と、その他数えきれないほどの、ありとあらゆる違い。

そこの兼《か》ね合《あ》いはおいおいつけていけたらいいかあ、とゆるっと構えていた矢先の、イザークからの〝銀の髪飾り事件〟である。

（ああもう！　考えることが……考えることが多いって……！）

このままでは脳みそが筋肉痛どころかメルトダウンしかねない。思わずぐしゃぐしゃと金髪《きんぱつ》を掻《か》き回《まわ》しかけ、メイドさんたちが今朝も張り切ってくしけずって凝《こ》った形に整えてくれたとはたと思い出して、「いかんいかん」と手を止める。――いやもう本当に多いな、考えることが！

そんなこんなで、試行錯誤《しこうさくご》ならぬ思考停止のまま、呉葉のお悩み解決は遅々《ちち》として進展しないままなのだった。


「おはようクレハ、珍しく顔色よくないな。どうしたんだ？」

「お、おはよ、イザーク……」

呉葉の複雑な心を知ってか知らずか、イザークの方は普通《ふつう》に訪ねてくるし接してくる。

（けど、顔色に出ちゃってたか。それは失敗だわ）

今日も今日とて、当然のようにメイベル邸《てい》を訪問してくれた人物に、呉葉はやや引《ひ》き攣《つ》った笑《え》みを向けた。

イザーク・ナジェド。

ハイダラ帝国《ていこく》という、このエーメ王国と国境を接する大帝国《だいていこく》の第二皇子《おうじ》で、現在は当国《とうごく》に遊学中の身だ。

彼に話を聞く限りだと、ハイダラは砂漠《さばく》の国。本《もと》を正《ただ》せば、ラクダで隊商をなす民族が核《かく》となって発展させてきたため、商人の倫理性《りんりせい》を反映したお国柄《くにがら》だという。

ちょうど位置的にも文化的にも、呉葉の出身世界における中東あたりに該当《がいとう》するところで、降り注ぐ陽光の厳しさに適応して、皮膚《ひふ》も髪も目も濃《こ》い色を有す人が大半だとか。が、彼には先祖返りで西側の血が強く顕《あらわ》れてしまったそうで、ざっくりと切った艶《つや》やかな黒髪《くろかみ》の他は、白い肌と、鮮《あざ》やかなミントグリーンの目を持っている。

顔立ち身長スタイル、どれをとっても押《お》し並《な》べて「ロイヤルかくあれかし」という外見だ。前に、興味本位で遠目に指先で測ってみたら、本気で八頭身あった。ただ、近寄りがたい高貴さよりかは、親しみやすさと少しの野生味が同居する、――このあたりで呉葉の美辞麗句《びじれいく》に関する語彙力《ごいりょく》は音《ね》を上げるので、まあ、ざっくり言うと「とりあえずものすごいイケメン」である。

弱冠《じゃっかん》二十歳《はたち》という若さだが、祖国で厳しい勢力争いを生き抜いてきただけあって、呉葉の知る現代日本の同年齢の数倍はしっかりしている。転生後、「クレハ・メイベル」の中身が別人に入《い》れ替《か》わっていることをのっけから見抜いた人間であり、右も左もわからない呉葉に、進行形でこの世界のイロハを教えてくれてもいた。

――ついでに、くだんの「告白まがい事件」の発端《ほったん》となっている、ご本人さまである。

彼氏《かれし》なし歴も二十九年、弟と仕事と武術ばかりで生きてきたので、恋愛偏差値《れんあいへんさち》が劇的に低い呉葉は、当惑《とうわく》した結果、対処を決められずにいるのだった。

（いやでも、どっからどう見てもイザーク本人は何か変わった感じじゃないというか、こう、嬉《うれ》し恥《は》ずかしお返事お待ちしてますって風でもないんだよね。まあ、そういうもんなのかもしれないけど。こんなことになるなら、死ぬ前にもっと恋愛小説《れんあいしょうせつ》とか少女漫画《しょうじょまんが》読んで心の機微《きび》ってやつを勉強しとくんだった……）

フィクションといえば昔から摂取《せっしゅ》していたのはバトルものばかり。その辺の知識といえば、世に恋愛とは食パン咥《くわ》えて「遅刻《ちこく》、遅刻」と疾走《しっそう》していたら、曲がり角でぶつかった他校男子に「おもしれー女」と言われる展開から始まるのがセオリーである、程度しかない。いや、それも合ってるか？　北斗七星《ほくとしちせい》の形に相手の秘孔《ひこう》を突いたら両思いになったりもします？　お前はもう惚《ほ》れている？　自信がなくなってきたぞ。

ちなみに、今呉葉たちがいるのは、メイベル邸の敷地《しきち》内にある噴水広場《ふんすいひろば》だ。

周囲を薔薇《ばら》の生垣《いけがき》でぐるりと囲まれているここは、内緒話《ないしょばなし》をするのにうってつけなのである。特に、実の兄であるテオバルト・メイベルにも己の正体を隠《かく》している呉葉にとって、人目を憚《はばか》らずほっと一息つける憩《いこ》いの地でもある。

「……いやほんと、さっきからどうしたんだよ。俺の顔、なんかついてる?」

気が抜ける場所に来たこともあって、知らない間に、相手の顔を穴が開くほど見つめてしまっていたらしい。ミントグリーンの瞳に怪訝《けげん》な色を浮かべてんなことを問われても、答える呉葉の方は、ぼうっと上《うわ》の空《そら》だった。

「うん、ついてる……目と鼻と口……あと眉毛《まゆげ》……」

「えーっと。……念のため確認《かくにん》するが、それ、前に会った時はついてなかったか?」

「私の記憶《きおく》が正しければ……ついてた気がする……」

「正しくない可能性は確実にないから安心してくれ」

やや呆《あき》れた様子のイザークに、呉葉の頭はまだ働かずにいた。

(だいたい私自身もなんか変なんだよ。ついついイザークのこと考えてるし。特に理由もなく顔とか見ちゃうし。いやそれはもう拝観料とれそうなほど素晴《すば》らしいお顔立ちでいらっしゃるんだけど、前はもっと普通に接してたのに。なんでこんなにイザークのことが気になるの⁉)

ついでに、髪飾りを贈られたこと自体の意味もなのだが、渡されざわに彼が取った行動もなかなかにアレだった覚えがある。——そう、手の甲《こう》にキスをされた。

（正確にはキスって言ってもふりだったけど！　だとしても顔面王子さまどころかリアル皇子さまにあんなことをされた経験のある日本人女性、滅多《めった》にいないのでは？　あくまで一般論《いっぱんろん》として、あれは動揺《どうよう》してしかるべきでは。相手がイザークだからとかの問題じゃないのでは！）

うんうん違いない、かくなる上はさっそく仮説の実証だ、という確信のもと、呉葉は極度のぼんやり頭のままイザークの右手を取ってみる。

そして、「クレハ？」と首を傾《かし》げるイザークに予告することもなく。

なんの気なしに、――ちゅっとその手の甲に唇《くちびる》を落としてみた。

「⁉」

完全に無意識の行動だった。……一拍置《いっぱくお》いて我に返る。

「うわっ⁉　なになになに⁉　びっくりしたぁ！」

慌《あわ》てて飛《と》び退《の》き絶叫《ぜっきょう》した呉葉に、完全に固まっていたイザークが叫《さけ》び返《かえ》してくる。

「なんでやった本人のあんたがびっくりしてるんだよ！　俺の台詞《せりふ》だろ、そこは！」

「そうだよねごめんね！　なんかちょっと試さないといけない気がして！」

「何を⁉」

わずかに頬《ほお》に朱《しゅ》を刷《は》いたイザークを見て、「珍しい表情だな」と思った瞬間、呉葉もぼんっと爆発《ばくはつ》するように真っ赤になる。なぜってイザークが、照れている。やらかした自分だけでなく、イザークが！　認識すると一気に動揺が増した。

（ち、違うから！　意図せず謎《なぞ》の行動に出てしまった自分に驚《おどろ》いているだけで！　イザークが照れてるからとか、そもそも相手がイザークだからとかでは断じてないので！　ってこれ誰《だれ》への言い訳!?　なんでそんなことしたの私も!?　夢かどうか確かめるのに他の人のほっぺたつねるようなもんでしょ!?　うひぃ！　うわぁ！　うわぁあ!!）

「や、あのな……？　今日のクレハ、本当におかしいぞ。調子が悪いなら、魔力操作の修《しゅ》行《ぎょう》はやめておくか？」

「え？　い、いや大丈夫だよ！」

もうその辺に穴掘《ほ》って埋《う》まろうかなという混乱の極みの只中《ただなか》で、とうとう本気で心配になってきたらしい彼に真顔で確認され、呉葉は慌てて手を振《ふ》った。

（それは困る！）

呉葉のいた現代日本とこの世界の大きな違いは、何よりもまず、魔法の存在である。

——何せ、肉体は魂の具現化《ぐげんか》、魂は魔力の器《うつわ》、というほどだ。

本来のクレハ由来の魔力の素質が、およそ他に類を見ないほど抜群《ばつぐん》に高いのは先述のとおり。だが、そのせいで、魔力の大きさに魂の強さが耐えられず、彼女はそもそも夭折《ようせつ》する運命にあった。そして、彼女から同じ魔力を引き継いだ呉葉は、本人に見込まれただけあって、生まれついての魂の強度はかなりのものだったらしい。

しかし、元々のクレハからそのままもらった肉体に、別人の魂が宿るというアンバランスな生命活動を維持《いじ》するために、無意識のうちにずっと魔力を代謝し続けている状態である、とのことなのだ。

おかげで、前世で持ち合わせていたゴリゴリ武闘派《ぶとうは》マッチョな身体能力と戦闘力《せんとうりょく》とを今世でも発揮できるという副次的な利はあるものの、その消費カロリーたるや、朝昼晩常に何かを食べ続けていないと空腹すぎて倒れるほどだ。

イザークにつけてもらっている魔法修行の主眼《しゅがん》は、要は、魔力の制御《せいぎょ》のためである。その成果で、このところどうにか、「朝から大鍋《おおなべ》いっぱいのスープと巨大バゲット三本、卵十個のオムレツ、生ハム原木まるかじり（※骨まで）」しなければ低血糖で倒れるという状況《じょうきょう》は脱《だっ》しつつあった。先日まで、サラダなんて盛り付けがやんごとなき貴族のお嬢様《じょうさま》のご朝餐《ちょうさん》どころか、幼き日に図鑑《ずかん》で見た『どうぶつえんのゾウさんのごはん』さながらだったことを思えば、このまま一気に常識的な人類の食生活を手に入れたい。

そういうわけで、魔法修行は呉葉にとって死活問題なのだ。

(それに、せっかくクレハちゃんがすごい魔力を残してくれたんだし、何よりも魔法の世界に来たんだから、私ももっと使いこなせるようになりたいし！　テオバルトお兄さんがいたら、私がちょっと運動するだけで心配させちゃうから、イザークと二人の時にできるだけ頑張《がんば》らないと)

本物クレハの持っていた潜在能力《せんざいのうりょく》は、『時空転移』と、『重力操作』の二つ。そのうちすでに会得《えとく》している技《わざ》は、「自分の持ちものを渡した相手をすぐそばに瞬間移動で呼び寄せられる」という時空転移の応用だ。対ジョアン戦でも大活躍《だいかつやく》した異能である。

魔法使《まほうつか》いの才能が輝《かがや》かしいほどなかった呉葉の修行は、しばらくそこで停滞《ていたい》した。だが、それでも努力の甲斐《かい》あって、このほどやっと新たな魔術《まじゅつ》を一つ覚えたところだった。

ゆえに、何度も練習に付き合ってくれたイザークに、成果を披露《ひろう》する予定である。

「イザーク、ちょっとこっち来てもらっていい？」

彼をちょいちょいと手招きして、呉葉は、噴水のそばから場所を移すことにした。結構歩くが、メイベル公爵邸の隅《すみ》っこにある楓《かえで》の木立《こだち》まで足を延《の》ばす。できれば地面が綺麗《きれい》に舗装《ほそう》されていないところの方がありがたい。

やがて木や草の生えていない剝《む》き出《だ》しの地べたを見つけ、そこで歩を止めた。

「？　何をするんだ」

「まあ見ててってば。あ、そうだ。危ないから、念のため距離《きょり》とってくれる？　その辺までいいよ」

数メートルほど彼に離れてもらったところで、呉葉は、こっそりと隠し持っていたフォークを取り出す。首を傾げる彼の前で、ダーツのように親指と人差し指でフォークを構えると、地面に向けて「えい」と軽い仕草で投擲《とうてき》した。

――ズガン！

途端《とたん》に土煙《つちけむり》が舞《ま》い上《あ》がり、フォークを中心として、大地が脈打つように振動《しんどう》する。衝《しょう》撃《げき》の余波がピリピリと顔を打った。

「……！　すげえな」

片腕《かたうで》で顔をかばいつつ、風に黒髪を煽《あお》られたイザークが目を瞠《みは》っている。

三メートルほどの長さで斜《なな》めに抉《えぐ》り取《と》られた窪《くぼ》みは、まるで隕石《いんせき》でもぶつかったかのようだ。

「どう？」

「これは……重力操作の方の新技だよな。完成したのか」

「そうそう！　投げる瞬間に、フォークを一時的にものすごく重たくして、衝突時《しょうとつじ》の威《い》力《りょく》を上げたの」

うまくやれば、他にも、自分の体重を一瞬《いっしゅん》だけ軽くして三階建ての高さくらいまでジャンプで上ったり、凄《すさ》まじい重量の荷物を軽々と持ち上げたり、逆に蹴《け》りの一撃《いちげき》を重くして分厚い石や煉瓦《れんが》造りの壁《かべ》を蹴破《けやぶ》ったり、といった応用も利《き》きそうだ。そっちの方は、もう少し練習が必要かもしれないが。

「なまじ見た目がこんなだから、使った時の絵面《えづら》はすごいけどね」

ドレス姿の儚げなご令嬢が、チョップで大岩を割るという一発芸も、今ならできる。

えへへ便利でしょ、と胸を張る呉葉に、イザークも「いや、ほんとに。頑張ったよクレハ」と感心してくれる。根気よく修行に付き合わせてしまった分、喜んでもらえてありがたい。

「とりあえず、瞬間移動よりも汎用性《はんようせい》ありそうだよね。また、殺人犯を捕《つか》まえるとかの物《ぶっ》騒《そう》な使い方をする羽目にならなきゃいいけど……」

「……だな」

さて。

木立まで来た用向きはそれだけなので、改めて先の薔薇園に連れ立って戻りがてら。

「これ、もっと練度上げてったら、指弾《しだん》で放《はな》った石つぶてとか、なんなら蹴りの一発で建物破壊《はかい》できちゃったりすると思うんだよ。解体工事の現場とかで役立ちそうじゃない？」

「建物の解体に公爵令嬢が携《たずさ》わる状況ってなんだよ……第一、あんたなら別に魔法がなくても素手《すで》でできそうな気がするけどな、それ」

「いやどういう意味！　さすがに道具がいるよ私でも！　まあ、他に思いつく使用法って言えば、豪雪地帯《ごうせつちたい》の雪かきマシーンとしてとか、五トントラックのタイヤがぬかるみにはまって困ってる人の手助けとか……」

「ましーん？　ごとんとらっく？」

「そうでした異世界人」

たわいない雑談に興じつつ、呉葉はふと、隣《となり》を歩くイザークの横顔を見上げてみた。恐《おそ》ろしく整っているのも、穏《おだ》やかな表情もいつもどおりだ。会話の内容に色気がないのも、これまたいつもどおりである。

その「普段《ふだん》そのまま」加減に、呉葉は内心ひっそりと首を傾げていた。そう、こういうところなのである。

（うーん……）

例えば前世で呉葉の会社にいた後輩《こうはい》男子の田中《たなか》くんなどは、意中の女性の前では気が昂《たかぶ》るあまり両手がパタパタとペンギンのごとく跳《は》ね続《つづ》けるという不審《ふしん》な挙動《きょどう》を見せてしまっていたものだが、そういう仕草もない。もっと前には、好きな子の前で舌なめずりをするヤバめの同級生もいた気がするが、その現象も観察できない。

呉葉の知識が著《いちじる》しく偏《かたよ》っていることを差し引いても、彼の言動は「恋《こい》する男子」にはおよそ見えないのだ。

（魔法の修行に付き合ってくれる時も、逆に私が鳴鐘流《なるかねりゅう》の稽古《けいこ》つけてる時も。別にほんと、全然なーんにも変化なしなんだよね。……やっぱりあれは考えすぎのような気がしてきたなあ。偶然か、高度な冗談とか……）

このところ知恵熱を出すまで悩んだのは骨折《ほねお》り損《ぞん》だったというわけだ。それならそれで構わない。世は事も無し、誠《まこと》に結構ではないか。

（このまま私が気にしなければいいだけの話だったりして。うん、そういうことにしとこ！　よしこの話、おしま――）

「そういえば、髪飾りは着けてくれないのか？」

……おしまい、と片付けようとしたところで。

「！」

ごくごくさりげなく、なんなら世間話の延長の調子で、そんなことを訊《き》いてくるイザークに。呉葉は一瞬、足を止めてしまった。

「え、か、髪飾りっ⁉　あーっ、髪飾り髪飾り！」

なんのことだか、と誤魔化《ごまか》そうにも、まさにここ数日悩んでいた話題だけに逸《そ》らしようもなく。

盛大《せいだい》に視線を泳がせ、呉葉はあからさまに動揺した。なんなら脳内は「なんじゃいきなり」「なんでじゃいきなり」「なんのつもりじゃいきなり」の三点セットで軽くパニックだ。

「あれね、な、なんか壊《こわ》しそうで怖《こわ》くてさ！　あんな繊細《せんさい》で綺麗なもの、昔は身に着けたことなかったし。知ってのとおり、私がさつなもんだから。元のクレハちゃんならまだしも、……なんだかもったいなくて」

困ったあげく、「嘘《うそ》ではない」範囲《はんい》で答えると、イザークはあからさまに眉根《まゆね》を寄せた。

「なんだそれ。確かに体は同じなんだろうけど、俺が髪飾りを贈ったのは、『今のクレハ』にであって、前のクレハ嬢じゃないぞ」

「う、……ご、ごめん」

「あんたが積極的にそういうものを好む方じゃないのは、俺も知ってるけどな。似合うと思うものを選ぶのに割と悩んだし、せっかくだから一回くらい着けているところを見たいとは思う。壊したら壊したで構わないよ。また贈るだけだし」

「……えーっと」

似合うものを選んだ。せっかくだから着けているところを見たい。壊してもまた贈る。

これは、……どう解釈《かいしゃく》したらいいのだろう。

（本当に、私の勘違《かんちが》いですませる話じゃないってこと⁉）

呉葉は赤くなるやら青くなるやらで、心臓がバクバクと脈を速め、背中から嫌《いや》な汗が噴《ふ》き出す。なんなら前世で父親にツキノワグマや巨大イノシシが人を襲《おそ》うと噂の山に、懐《かい》中電灯《ちゅうでんとう》とサバイバルナイフだけ持たされて放り込まれた時も、ここまで緊張《きんちょう》したことはない。

グルングルン、と脳内で「どうしよう」が十周ほどしたのち。

（いや、相手がいてこその問題に自分だけでグジグジと悩んでもしょーがないや！）

当たって砕《くだ》けろの勢いで、呉葉はとうとう、イザーク自身に疑問をぶつけてみることにした。

「あのっ、イザーク⁉　前から訊きたかったんだけど！」

「ああ、どうぞ」

視線を思いっきり逸らした割に大声が出たのだが、相手は平然と先を促《うなが》してくれる。どっちが年上だかわかりゃしない。

「……あの髪飾りって、その……なんだったの⁉」

「なんだった、って？」

「いや、……イザークがくれた貴族のしきたりに関する本を読んだ時、女性が男性にハンカチを渡すのは『あなたが好きですお付き合いしてください』って意味になって、それにアクセサリーを返してもらったら了承《りょうしょう》しましたになるんだってこと、あとから知っちゃって。ごめん、私そのへんのマナー把握《はあく》してなくて、……あのハンカチ、ぶっちゃけ深い意味なかったの！　だからあのお返しも、ぐ、偶然って認識で、いいんだよね……⁉」

直接尋ねてみると、幾分《いくぶん》か気が軽くなる。

なぜならイザークは頬を赤く染めるでもなく、後輩田中のごとく両手をパタつかせるでもなく、至《いた》って平然としていたからだ。舌なめずりももちろんない。

（あ、この反応、やっぱそうよね。食べ物ばっかりじゃどうかなって思った程度で、あの髪飾りに深い意味なんてないってことで――）

思わず、ほっと胸を撫《な》で下《お》ろしかけた呉葉だが。

「いや？　偶然じゃなくて故意。普通に告白したつもりだったけど」

――その平然とした調子のまま、さらりと相手が続けた言葉に、完全にフリーズする羽目になった。

「……えっとイザーク、さん。こ、……告白、……でございますか」

「おう。なんで敬語だ。普通にしゃべってくれ」

「いやだって。こ、こく……告白ってなんの？　罪の？」

「んなわけあるか。求愛に決まってるだろ」

「……きゅ、きゅーあい……それはその、知能指数的な？」

「チノーシスウ？」

（ああ異世界人！）

ＩＱの低いボケが通じない。色々な意味で呉葉は灰になる。一方でイザークは、「予想どおりの反応だな」と苦笑《くしょう》しつつ、肩《かた》をすくめた。

「ま、ぶっちゃけあんたがハンカチを何も知らずに寄越《よこ》してきたのは知ってたよ。ついでにハンカチがいいって言ったの、俺だし」

「あ、……だ、だよね……？」

「せっかくの機会を逃《のが》す手はないと思ってさ。まあ、つまりそういうことだから」

「……」

そういうことだから。

（――って、どういうことですか⁉）

思ったことが、しっかり顔に出ていたらしい。

「俺が、恋愛的な意味で、あんたが好きってことだよ」

「…………！」

これ以上ないくらい、はっきり明言されてしまった。

しばし石化していた呉葉だが、はっとそこで我に返った。戦場では自失していると狙《ねら》いうちにされて死ぬ。

（これは生半可《なまはんか》な気持ちで返事しちゃいけないやつ……！）

とりあえず、悩みの根幹になる疑問については答えが出たのだ。

どういうわけか、――信じがたいことに――イザークのくれた髪飾りは、貴族マナーのお手本どおりの意図であったらしい。

（じゃあ、とにかく気持ちには誠実に向き合わないといけない！　っていうのはもちろん、……私は私で本物クレハちゃんからの預かり物の人生を送ってる最中で、そしてクレハちゃんには大事な肉親のテオバルトお兄さんがいて！　そのお兄さんの意向だって尊重《そんちょう》しなくちゃだし、っていうか……！）

ここまで考えたところで、呉葉のＣＰＵは即行《そっこう》で処理落ちした。何せこの脳はお粗末《そまつ》な筋肉謹製《きんせい》である。複雑怪奇《ふくざつかいき》な演算が出来ようものか。

「すみません！　持ち帰り検討にしたいので時間ください！」

せっかく身につけた、ご令嬢ならではのつつましやかなお作法も何処《どこ》へやら。社畜《しゃちく》の習慣で、直角お辞儀《じぎ》で頭を下げる呉葉に、イザークはプッと噴き出した。

この反応に、当の呉葉はやや呆然《ぼうぜん》とする。

「へ？　イザーク怒《おこ》らないの？」

「怒る？　なんで。むしろ真面目《まじめ》に考えてくれてありがとな。あんたのことだ、すぐに答えが出ないってのも、気のせいだと勘違いしてるのも、織《お》り込《こ》み済《ず》みの展開だから」

イザークは「返事は急がなくていいよ」と請《う》け合《あ》って手を振ってくれた。

（うっ、ジェントル！　さすが皇子さま……！）

よもやよもやだ。その皇子さまから恋の告白をされる日が来ようとは。穴があったら以下省略。

――筋肉喪女《きんにくもじょ》には荷の重すぎる課題が出されてしまった。

何せ、今まで色恋《いろこい》ごとにまったく縁《えん》がなさすぎて。

答えを持《も》ち越《こ》したからには、人として、きちんと正面から向き合って解を出さねばならない。……どうしたもんか。

肩を落として悶々とする呉葉は、そんな自分を楽しそうに見つめるイザークのまなざしが、ひどく優《やさ》しい色を宿していることに気づかなかった。

#2

三歩歩けば息切れで倒《たお》れるほど病弱な——ということになっている——公爵令嬢《こうしゃくれいじょう》の体調を慮《おもんぱか》り、イザークが呉葉《くれは》と一緒《いっしょ》に屋外で武術稽古《ぶじゅつけいこ》や魔法修行《まほうしゅぎょう》をする時は、必ず日暮れ前に邸《やしき》の母屋《おもや》に戻《もど》る約束である。

その際は、疲労回復《ひろうかいふく》のために薬草浴と午睡《ごすい》をとるのも条件のうちらしく。「前世では三《さん》徹《てつ》で仕事しても平気だったくらいだし、ほんとは眠《ねむ》くないんだけどなあ……」とぼやく呉葉を自室に送り届けたのち。

(もうすぐテオが戻る時刻だな)

回廊《かいろう》を歩きつつ、ほの暗くなりつつある窓の外を眺《なが》め、イザークはふと先ほどのやりとりを思い出していた。

——すみません、持ち帰り検討にしたいので時間ください!

(検討って、外交政策か何かかよ)

相変わらず愉快《ゆかい》な言い回しをするな、とイザークは苦笑《くしょう》する。

魂《たましい》も腕《うで》っ節《ぶし》も物理面も強ければ、精神まで鋼《はがね》でできていそうなあの呉葉が、目まぐるしく顔色を変えつつ困り果てているというのは、実を言えばなかなか面白《おもしろ》かった。

なぜって、その原因が他ならぬ自分だからだ。好きな相手が心を揺《ゆ》らしてくれるのは、やっぱり嬉《うれ》しい。……本人が知ったら臍《へそ》を曲げそうなことではあるが。

一方で、イザーク自身の身の置き所には多少、翳《かげ》りがある。

（けど、せっかく検討してもらったところで……ではあるな）

想《おも》いを告げたことに後悔《こうかい》はない。イザークは「今の」クレハが好きで、彼女をこそ必要としていることを、ちゃんと知っておいてほしかった。

しかし、それで呉葉とどうなりたいか——と考えた時、「ちょっと待てよ」とも思うのだ。

（クレハを幸せにしたい……というか、俺こそが幸せにできる器《うつわ》だとか、そういうことは考えてない）

あれは、隣《となり》にいるのがデクの棒《ぼう》でも馬の骨でも、自《おの》ずと道を見つけ、道がなければ切り開き、岩が塞《ふさ》げば打《う》ち砕《くだ》く。誰《だれ》かがわざわざ手を引いて幸せの方向に引っ張っていかなくても、勝手にどこへなりと進んで、望むとおりにするだろう。そういう類《たぐい》の女である。

しかし、どこぞのデクの棒や馬の骨に譲《ゆず》るくらいなら、彼女と肩《かた》を並べるのは自分でありたいし、特等席でその道を一緒に歩きたい。漠然《ばくぜん》とした欲を言えば、イザークが呉葉に望むのはそれだけだ。

（彼女についてはそうだけど、俺の方は……）

一方でイザークは、故郷に複雑な事情をあれこれと抱《かか》えている。

例えば、遊学という名目でエーメに送られる際、父である現皇帝《こうてい》は、イザークにこんな命令を下した。

――どうせなら、エーメ貴族の中でも最高位の女を得て戻ってこい、と。

つまり、自ら人質《ひとじち》の役目を買って出たイザークに、「両国の架《か》け橋《はし》になるつもりなら、政略結婚《せいりゃくけっこん》で絶好の相手を見繕《みつくろ》ってみろ」と示唆《しさ》した意味になる。そしてこれは、父帝《ふてい》から直接受けた唯一《ゆいいつ》の指示でもあった。

（エーメ貴族の中でも、……か。よく考えれば気づくことだけど。メイベル公爵家の荘《しょう》園《えん》で開発された紡織《ぼうしょく》の技術には、かねて父上も興味を持っていた。おまけに現当主のテオは女王の甥《おい》なだけじゃなく、ハイダラの益になりそうな魔術《まじゅつ》研究の分野で名を成《な》してもいる。……父上の言う『最高位の女』ってのは、クレハ嬢《じょう》のことを指《さ》してたんだろうな）

父帝はよく、このような「我が意を汲《く》んでみよ」と言わんばかりの遊びを仕掛《しか》けてくる。条件を満たせば権力争いで味方をしてもくれるのだろう。が、これについて、イザークは面従腹背《めんじゅうふくはい》をごく当然に貫《つらぬ》く予定だった。テオバルトと仲良くなったのは完全なる偶然《ぐうぜん》と向こうからの好意の賜物《たまもの》で、そこに打算は一切《いっさい》ない。本来の『クレハ・メイベル』のこととて、「友人の妹」以外の目で見ようがなかったし、何よりもクレハを心から大切にする、テオバルトとの関係を優先したかったからだ。

だからこそ、今、ここからどう進むべきかを決めあぐねている。

呉葉が好きで、叶《かな》う限りそのそばに居続けたいと願うイザークの気持ちには、一点の曇《くも》りもない。断言できる。創世の神々に誓《ちか》ったっていい。

けれどイザークは、ハイダラでも特に高い帝位継承権《ていいけいしょうけん》を持つ皇子《おうじ》で、片や呉葉は――中身はどうであれ――ハイダラ皇帝も食指《しょくし》を動《うご》かす、エーメの中枢《ちゅうすう》たるメイベル公爵家直系唯一の令嬢である。その関係は、どう進めたって政治的な思惑《おもわく》がつきまとう。

自分自身がいくら誠実でありたいと願っていても、環境《かんきょう》を考えれば、なんだか心に引っかかるものがある。ささくれに似たそれを放置したまま、今いる「ここ」から、どう駒《こま》を進めたものか――イザーク自身、それを決めかねているのだった。

そんなことばかり、ぼんやりと悩《なや》んでいたからだろうか。

「イザーク、お前。さては、僕に何か隠《かく》しごとをしているだろう」

「なんのことだ、兄弟？」

夕刻近くに王宮から戻ってきた数年来の親友、テオバルト・メイベル公爵を玄関《げんかん》で出迎《でむか》えると、開口一番《かいこういちばん》にそんなことを問われ、イザークはにっこり笑ってシラを切ってみせた。

「っていうかテオ。まずはおかえり、な。先にただいまくらい言えって」

「ああ、ただいま。で、お前さては僕に」

「覚えてるから繰《く》り返《かえ》すなよ!」

体の弱い妹を気遣《きづか》い、そばに信頼《しんらい》できる人を置いておきたいと、女王陛下《へいか》に赦《ゆる》しを得た上でイザークと交代で出仕することが多いテオバルトは、そういうわけで、基本的にメイベル邸滞在中《ていたいざいちゅう》には己《おのれ》と入《い》れ違《ちが》いになる。

しろがね色の髪《かみ》に、薄水色《うすみずいろ》の瞳《ひとみ》。エーメを代表する貴族らしく清潔な白い衣装《いしょう》がよく似合う、すらりと伸びた長身。どこまでも上品に整いつつ、どこか冷たくも怜悧《れいり》な印象を与《あた》える面差《おもざ》し。テオバルトは、そのいかにも理知的な外見どおり「エーメ王国の誇《ほこ》る叡《えい》智《ち》」と呼ばれる頭脳の持ち主だ。

しかし、彼が知性を発揮するのは、妹が絡《から》まない場合のみに限られる。唯一の肉親であるクレハ嬢に関することになった途端《とたん》、単なる過保護というには常軌《じょうき》を逸《いっ》するほど妹を偏愛《へんあい》する彼は、たちまち残念な人柄《ひとがら》に変わる。そして今がまさに「それ」だった。

(まあ、テオは凄腕《すごうで》の水魔術の使い手だから、自分が不在の間も、俺たちの会話を盗《ぬす》み聞《ぎ》きしていたりするわけなんだけど……)

もっとも、イザークが呉葉に髪飾《かみかざ》りを渡《わた》した時、互《たが》いに気兼《きが》ねなく話せるようにとの気遣いから、彼は水蒸気で張った網《あみ》の振動《しんどう》から音を読み取るという、いつもの盗み聞き魔術を使っていなかったらしい。

よってイザークと妹のやりとりは知らない――までも、薄々《うすうす》、兄の勘《かん》で何やら察しているようで。こうして顔を合わせるたび、「お前、僕に何か隠してるんじゃないか？」と問《と》い質《ただ》される日々が続いているのだった。

（……『今日は修行の成果を確認《かくにん》がてら、妹御《いもうとご》に改めて求愛し直した』なんて言ったが最後、ちょっと何がどうなるかわからないもんな）

親友に隠しごとをするのは気が引けるものの、これに関しては適切に機《き》を窺《うかが》うしかない。

イザークがどうせならハンカチをくれるよう望んだ理由と、髪飾りを渡した真意を知り、昼間に目を白黒させたり顔を赤くも青くも染めていた呉葉の反応を思い出し、イザークはこっそりと微笑《ほほえ》んだ。むろん、テオバルトに悟《さと》られないように。

ついでに話も逸《そ》らすことにする。

「気にされる前に報告しとくと、クレハ嬢は特に体調も崩《くず》さず一日元気だったよ」

「そうかありがとう。僕がいない間に、お前はさぞかしクレハと楽しい時間を過ごしたんだろうな」

いつも身に着けている片眼鏡《モノクル》越しにぎろりと睨《にら》みつけられ、イザークは「想像にお任せするよ」と曖昧《あいまい》に誤魔化《ごまか》した。

ここで気を遣《つか》って「そんなことないって」と返せば「何⁉　僕の妹と二人で過ごして退屈《たいくつ》だったとでも吐《ぬ》かすつもりか」と憤慨《ふんがい》されるし、かといって素直《すなお》に「めちゃくちゃ楽しかったぞ」と言えば「グヌァア！　ヴラヤマジィイ！」と奇声血涙《きせいけつるい》を垂れ流しながら喉笛《のどぶえ》を締《し》め上《あ》げられるので、無難な回答が正解である。……何度目かで学習した。

（……ん？）

いつものテオバルトなら、ここで「本日のクレハの動向」について、さらに根掘《ねほ》り葉掘《はほ》り訊《き》かれるところだ。しかし今日に限って特にあとが続かない。イザークは首を傾《かし》げた。

しかも――

「どうしたんだ、テオ。ため息なんかついて」

はーっと深い息を吐《は》き出《だ》したテオバルトに、イザークは眉根《まゆね》を寄せた。

最近、彼は何やら悩みを抱えているらしく、もの憂《う》げな様子を見せるのだ。

しかし、水を向けても相手の反応はそっけない。

「お前にだけは教えてやらん」

「なんだそりゃ」

「なんでもだ」

イザークが呆《あき》れても、テオバルトは不機嫌《ふきげん》そうに口を曲げるばかりだ。

「ただでさえ〝今の〟クレハのことは、僕よりもお前の方がよく知っているのだぞ。そんなお前にだけは、何があっても話してやらん」

「……まあ、そうっちゃそうだけどさ」

なお——テオバルトは、最愛の妹の中身が別人にすり替《か》わっていることを知っている。

長年共に支え合ってきた妹は、毒殺魔《どくさつま》の手にかかってすでに亡《な》くした。今その身体《からだ》に入っているのが、別世界から召喚《しょうかん》されてきた新しい魂《たましい》であることについて、彼なりに、もちろん相当な葛藤《かっとう》もあったようだ。

しかし、「妹自身が判断して新たなクレハ・メイベルたれと招いた魂ならば、それはやはりもう一人の妹なのだ」と心に決めたテオバルトは、以来、呉葉に対しても「クレハ」と同じように愛情を注いでいる。この度量の広さには、イザークも感服《かんぷく》していた。

ついでに、魔力《まりょく》の研究も能《よ》くするテオバルトいわく、今の「クレハ」は、別人の魂と肉体とが魔法で結びついている、極《きわ》めて不自然な状態《じょうたい》なのだとか。ゆえに「クレハが呉葉である」と心得た——少なくとも「この相手には正体を知られている」と、呉葉が認識《にんしき》している——人物は、できるだけ少ない方がいいらしい。

そのあたり専門外のイザークには、詳《くわ》しいことはわからない。ただ危惧《きぐ》すべきこととして、なんでも「クレハを〝クレハ〟ではなく〝呉葉〟扱《あつか》いしていくうち、彼女とこの世界の関係が希薄《きはく》になって身体に魂をつなぎ止める力が弱くなり、良くない影響《えいきょう》が出ないとも限らない」のだという。

かような事情で今はつまり、「呉葉は自分の正体をテオバルトに隠している」上に、「テオバルトはそれを知っていながら呉葉に隠している」わけで。各々《おのおの》に、その前提に立ったお芝居《しばい》をしている。知らぬは本人ばかりなりけり、だ。

ここで両者の秘密をそれぞれ知って、それぞれに合わせて隠し通さなければならないイザークは、正直貧乏《びんぼう》くじなのである。ややこしいこと極まりない。ただし、イザークはイザークでテオバルトに「無断で妹に求愛した」という負い目を伏《ふ》せているので、ある意味、三者とも罪状はトントンと言えなくもなかった。

そんなテオバルトは「今のクレハ」のことを改めてちゃんと知って向き合いたいらしく、水魔術で把握《はあく》しきれていない「今のクレハの昔いた異世界講座」を、定期的に所望《しょもう》してもくる。

――本来の名前は、クレハ・ナルカネで、奇遇《きぐう》にも本物のクレハ嬢と同じ「クレハ」の音を持つこと。元の年齢《ねんれい》が二十九歳で、未婚《みこん》の女性であったこと。なんらかの仕事をバリバリとこなす勤労の身であったこと。

かつ、己にぶつかってきたジテンシャなる馬――のようなものと呉葉は言っていた――を跳《は》ね飛《と》ばすほど屈強《くっきょう》な肉体を持ち、大の男を何人も一瞬《いっしゅん》でのしてしまうほど卓越《たくえつ》した体術の使い手であること。

そして、テオバルトにとってのクレハのように、大切に思っていた弟の結婚式《けっこんしき》を目前に、あえなく命を落としたこと……。

――〝なるほど。それが今のクレハなんだな〟

一つ一つの話に、テオバルトは真剣《しんけん》に、興味深そうに耳を傾《かたむ》けた。

なおかつ呉葉の元いた世界には、「魔法」という概念《がいねん》がそもそも架空《かくう》の存在であったようで、創世の神々すらも実在が疑わしいらしく。その点も新鮮《しんせん》な驚《おどろ》きを与えたようだ。

玉に瑕《きず》なのは、一つ知識を披露《ひろう》するたび「イザーク、お前ときたらいつの間に、クレハからそんな情報を……」と恨《うら》みがましい目を向けられることくらいか。「めんどくせーやつだな！」と口では言いつつ、この呉葉談義をイザークも楽しんでいるので、なんだかんだと友情は深まっているのだった。

（あ、そうだ。これもテオには言っとかないとか）

現状をつらつらと脳内で確認しているうちに、ふと思いついたことがあり、イザークは口を開く。

「そういえばテオ、前にもちらっと話したと思うけど。クレハ嬢、新しい魔法を一つ体得してたぞ。今日披露してもらった」

呉葉が、生来の魔力属性である『時空転移』の一部を使えるようになったこと、そして、その力を駆使《くし》してジョアンを見事に倒したことについては、すでにテオバルトには共有してある。

自らの身体を、どんな攻撃《こうげき》も防ぐ無敵の鱗《うろこ》を持つ合成獣《キマイラ》に変貌《へんぼう》させてきたジョアンを退《しりぞ》けたのは、呉葉の機転と魔法の力なのだが、「僕の妹をそんな危険な目に遭《あ》わせたのか⁉」と彼には目を剝《む》かれてしまったものだ。

新しい魂と肉体のつながり云々《うんぬん》……という例の懸念《けねん》もあり、とりあえず、呉葉の魔法技術に関して何か進展があればテオバルトに事細かに伝える決まりになっている。

「何っ⁉」

案の定「それは大丈夫《だいじょうぶ》なのか」と顔に大きく書いて瞠目《どうもく》するテオバルトに、先んじて「安心しろって。体調とかはまったく影響なさそうだったよ」と言い置きつつ、イザークは眉尻《まゆじり》を下げた。

「今度は重力操作関連で、庭の木立に証拠《しょうこ》が残ってるから、あとで見に行ったらどうかな。いや、すごかったぜ。フォーク一本で、地べたに大穴空《あ》けてた。本人は、建物の解体作業に役立ちそうとか、およそ貴族のご令嬢らしからぬこと言ってたけど」

カラッと笑ってその時の様子を話すと、普段《ふだん》は「ズルイィ僕モ見ダガッタァ！」と頭を掻《か》きむしるはずの親友は、気難しげな顔で口元に手をやった。この反応に、イザークは逆に不安に駆《か》られる。

「……どうしたよ、テオ？　何か問題あったか」

「いや、僕の不在時に仲良く妹と魔術訓練なんてずるい許せんうらやまけしからんお前など今後頭部から生えてくるべき毛量が全て鼻から伸《の》びてくる不運に見舞《みま》われてしまえと呪《のろ》いをかけるのは、もちろんそうなのだが」

「何がどう『もちろん』なんだよ俺はちっとも『もちろん』じゃねえよ」

思わず顔を青ざめさせて鼻を押さえるイザークの反応を「まあそれはさておき」と軽く流し、テオバルトは噛《か》み締《し》めるように話を続ける。

「本当に、あの〝クレハ〟については、僕の知らないことばかりなのだなと、ちょっと感《かん》慨《がい》に耽《ふけ》っていただけだ」

「……それは」

そう言って苦笑いするテオバルトの、薄青《うすあお》の目に浮《う》かぶものが。嬉しいのか切ないのか、いわく言いがたい色を宿している気がして。

思わずイザークは押し黙った。

「僕は今まで、新しいあの子を受け入れて、心機一転《しんきいってん》した兄になろうとしてきたつもりだったのだが。案外、まだあの子のことを〝以前の〟クレハのままだと思いたがっていたのかもしれないな」

「……テオ」

「しかしそれでは、今のクレハに失礼な話だ。人生と身体を託《たく》した以前のクレハの気持ちにも、きっと反する。ならば、その力を信じて活《い》かし、より意思を尊重するような接し方を、そろそろ探す段階なのかもしれない」

ため息まじりに、テオバルトはそう言って首を振《ふ》った。

「いや、愚痴《ぐち》を言ってすまない、イザーク。お前から話を聞きながら、あの子にも僕自身にも、向き合っているようで、きちんと向き合えていなかったのだと気づいたのだ。兄として情けないよ。もうそろそろ、今のあの子がどうやって生きていくべきなのかと、そこへの自分のありようについて真剣に考えるべき頃合《ころあ》いだな。……あの子はもう、僕に守られるばかりの妹ではないのだから」

我ながら、已が立ち止まっていることに無自覚だった。

悄然《しょうぜん》と肩を落とすテオバルトに、とっさになんと返すべきかわからず。イザークは視線を逸らした。出た感想は、なんとも無難なものだ。

「愚痴ってほどじゃないし……第一、お前は十分にいい兄貴だよ。それは今も、昔も」

「そうか？　ありがとう。だが妹はやらんぞ」

「一言余計だけどな。明らかに今そういう流れじゃなかったろ」

「流れなど関係あるか。挨拶《あいさつ》だ」

「そうかよ！」

最後は、笑いまじりに普段どおりの軽口の叩《たた》き合《あ》いに落ち着きつつ。

（自分のありようを考える、か……）

なんだかんだとテオバルトは、結局きちんと誠実に妹のことを考えている。考えた上で、一歩前に踏《ふ》み出《だ》そうとしているのだ。

（俺も本当に、考えないといけないな。色々……）

――呉葉のことを思うなら、余計に。

少なくとも、あくまで兄としての分《ぶん》を守《まも》るテオバルトとは、抱《いだ》く想いの形は大幅《おおはば》に違うものの、それでも彼には「一歩出遅《でおく》れている」のは確かだろうから。

複雑な思いを抱えつつ、イザークは目の前の親友の端正《たんせい》な顔を見つめた。

「ところでイザーク、アイシャ殿下《でんか》がエーメを訪問する日取りは決まったのか？　ベルナデッタ陛下も気にしていたぞ」

いつまでも玄関ホールで立ち話をするわけにもいかないので、メイベル邸《てい》の中庭に面した応接室に場所を変えつつ。

対面で長椅子《ながいす》に腰掛《こしか》けて、使用人に用意させた茶を傾《かたむ》けながらテオバルトに問われ、

「ああ……」とイザークは視線を落とした。

「今日の昼に使者が来たよ。まだはっきりした日程はわからないんだが、どうも月末になりそうだ。陛下には、明日俺から報告しとく」

「そうか。僕も筆頭歓待役《ひっとうかんたいやく》にご指名いただいたからには、張り切って臨《のぞ》まねばいかん。何せ、せっかくお前の姉ぎみが来られるのだ。故郷では仲がよかったんだろう？」

「……まあ、な」

「クレハにも話を通しておこう。このエーメ、それも王都までイザークの家族がはるばる来てくれるのは初めてのことだからな。きっと喜ぶ」

僕ももちろん楽しみだ、と屈託《くったく》なく破顔《はがん》するテオバルトに、イザークは苦笑を返した。

（楽しみでは……あるんだけど）

アイシャ殿下――アイシャ・メネクシェとは、イザークの故郷、ハイダラ帝国《ていこく》の第一皇女《おうじょ》である。

真《ま》っ直《す》ぐ伸びた艶《つや》やかな長い黒髪《くろかみ》と砂漠《さばく》の民《たみ》らしい褐色《かっしょく》の肌《はだ》、印象的な濃紫《こむらさき》の瞳から、皇宮《こうぐう》では『遊蝶花の君《ゆうちょうか》』の美称《びしょう》で呼ばれる、三妃《さんひ》から生まれたイザークの異母姉《いぼし》だ。

――ついでに、男尊女卑《だんそんじょひ》の傾向《けいこう》が非常に強いハイダラ帝国にあって、イザークの倫理観《りんりかん》があまり偏《かたよ》っていないのは、この姉の影響だったりもする。

ハイダラ帝国とエーメ王国は、国境を接していながら、絶望的に不仲の期間が長かった。ハイダラ国内でも、対エーメ国策については穏健派《おんけんは》と強硬派《きょうこうは》で意見が割れていたが、つい七年前、永年友好条約《えいねんゆうこうじょうやく》の締結《ていけつ》がなされ、ひとまず穏健派の優勢で国政が進んでいる。

イザークのエーメ遊学も、両国の親善《しんぜん》の一環《いっかん》だ。

アイシャ皇女は、穏健派寄りの貴族出身の母を持ち、九人いるハイダラ皇室のきょうだいたちの中でも、イザークとは幼い頃から特に懇意《こんい》にしている。故郷を出て以来顔を見ていないが、七年間、手紙で本国の様子を伝えてくれてもいた。

イザークにとって、異母姉との久しぶりの再会は嬉しいことだし、何よりもその訪問は、ハイダラ現国主であるハールーン帝の意向でもある。つまりは、父帝がエーメとの平和的外交に積極的であるという証《あかし》。それは、エーメとハイダラ間の橋渡《はしわた》しをしたいイザークにとって、歓迎《かんげい》すべきことに違いない。

とはいえ、懸念事項《けねんじこう》があるのも確かなのだ。イザークの表情の翳りを察したのか、テオバルトもふと眉《まゆ》を曇らせた。

「あと、兄ぎみのラシッド殿下の動きの方は……」

「今のところ、俺の『目《ディーダン》』と『耳《シェニダン》』からは特に伝わってこないよ。なんにもしてこないはず、ないんだけどな」

イザークは顔をしかめる。

（ラシッド・カプラーン……。兄貴のやつ、テオの暗殺が不発に終わったことで、しばらく鳴《な》りを潜《ひそ》めていたはずだったんだけどな）

アイシャと同じく長い黒髪、褐色の肌を持つ異母兄《いぼけい》の顔を思い浮かべると、どうにもイザークは気が重くなる。

何せ、ハイダラ帝国の対エーメ強硬派の旗頭《はたがしら》であるラシッドは、ジョアン・ドゥーエを使って本物のクレハ嬢を暗殺した張本人なのだ。

（兄貴の関与を立証する前に、ジョアンにつながってた手下たちはみんな始末されたし、ジョアン自身は詳しいことは何も知らされていなかったらしい。……精査しようにも、どのみち処刑《しょけい》もすんでる）

ハイダラの宮廷《きゅうてい》は今、外交方針で真っ二つに割れている。対エーメ強硬派は第一皇子ラシッドを担《かつ》ぎ、そして穏健派は、エーメで暮らす第二皇子イザークを次の帝位につけたがっていた。

（ハイダラは代々、自分の帝位継承権を危《あや》うくする他の兄弟たちを皆殺《みなごろ》しにした奴《やつ》が、皇帝に成り上がる血筋だからな。……俺は別に、兄貴を殺してまで玉座《ぎょくざ》は欲《ほ》しくない。が、あっちはそうじゃないらしい）

どちらに玉座がふさわしいかについて、父であるハールーン帝は立場を明らかにしておらず、そのことが余計に皇族恒例《こうれい》の血みどろの骨肉《こつにく》の争《あらそ》いへと両者の関係を駆《か》り立《た》てていた。

（――父上も一体何を考えているんだか）

そもそも父ハールーン・アル・ハイダラの意向というものが、昔からイザークには謎《なぞ》だった。

ラシッドとイザーク、どちらがハイダラを継《つ》ぐべきか、冷淡《れいたん》な眼差《まなざ》しで見定めようとしているのだろう――と察してはいる。そもそも父は、兄弟たちを全滅《ぜんめつ》させるなどという野《や》蛮《ばん》な先祖代々の因習《いんしゅう》を、疑いもせず踏襲《とうしゅう》して帝位を得た男だ。その時点で、理解しようとすべきではないのかもしれない。

とはいえ、繰り返すがこのたびのアイシャ皇女のエーメ派遣《はけん》はいわば、ハールーン帝が「対エーメ穏健派に傾いている」ことの証左《しょうさ》である。ゆえになおのこと危険なのだ。

「俺と敵対するラシッドのやつには、当然面白い話じゃないだろう。焦《あせ》っても……いるかもしれない。絶対にあいつまた何かやらかすつもりだぞ」

「ああ。……警戒《けいかい》を強める必要があるだろう。いくらなんでも血を分けたアイシャ殿下にまで危害を加えるとは、考えたくはないが……それを言うなら、肉親であるという条件はお前も同じだものな、イザーク」

「こういう言い方は俺も自分で反吐《へど》が出るけど。〝ハイダラ皇統の伝統的な思考回路を持った男〟にとって、兄弟は覇道《はどう》の妨《さまた》げになる邪魔者《じゃまもの》、姉妹《しまい》は便利な政略結婚の道具だよ。姉上は正妃腹《せいひばら》では唯一の、貴重な姫君《ひめぎみ》だ。だから俺も、さすがに何かしてくるとは思いたくはない……んだが、兄貴に関しては、なにぶん前科がな」

「……そうか」

ふとテオバルトが、その水色の双眸《そうぼう》に気遣わしげな色を浮かべたので。イザークは苦く笑っておいた。――兄妹《きょうだい》で深い絆《きずな》を築きながら生きてきたテオバルトにとって、何度聞かされても、ハイダラ特有の血縁《けつえん》のありようは慣れないらしい。

「……何ごともなければないで、それに越《こ》したことはないのだが。まったく……アイシャ殿下の訪問自体は喜ばしい話のはずなのに、こうして水を差すラシッド殿下には、困ったものだな」

用心を怠《おこた》らないようにせねばならん、とため息まじりに眉間《みけん》を押さえるテオバルトに首肯《しゅこう》を返しつつ。

（ああ、そうか）

先ほどの、呉葉との関係の進め方についての、ふと心に引っかかるものの正体に思い当たった。

（確かにクレハは、俺がいなくても、勝手に自分の道を見つけて幸せになれる人間だけど。だからって、俺自身が彼女の障害になるのは、嫌《いや》なんだ）

――これからは、私が一緒に戦うからね！

本物のクレハ・メイベルが暗殺されたジョアン・ドゥーエの事件のことで、イザークが己の故郷にまつわる事情を吐露《とろ》した時。呉葉は責めるどころか、力強くそう請《う》け合《あ》ってくれた。

あの言葉に、どれほど救われただろう。そして実際、彼女は拳《こぶし》と度胸と知恵《ちえ》とを駆使し、全て解決してしまった。

今後、呉葉から、自分と同じ質と熱を持った気持ちを向けてもらえるかどうか。それは、もちろんわからない。しかし、積極的に迷惑《めいわく》をかけるかもしれない状況で、この手を取ってくれなんてどの面《つら》下げて言えるだろうか。

……いや、あの呉葉のことだから、何かひどい問題が起きたとしても「何言ってんの！イザークってば水くさいなあ、なんでも協力するに決まってんじゃん」なんて明るく言い切りそうだ。いや、確実に言う。なんなら表情と声まで浮かぶ。

（いや冗談《じょうだん》だろ。想像するだけでかっこ悪すぎる）

惚《ほ》れた女の背中を守るどころか、自ら火の粉を振りかけるのは、断じて避《さ》けたい。

（……よし）

――ラシッドのことは、何があろうと、やはりこの手できっちり解決しなければ。それが、告白した者の誠意《しめ》として最低条件だ。

自らも紅茶で唇《くちびる》を湿らせ、イザークは眉を顰《ひそ》めた。確かに甘い香りを放っていたはずのそれは、妙《みょう》に舌に渋《しぶ》く感じられた。

#3

（はあ……）

持ち帰り検討なんて言ったものの。――答えが出ないどころかろくに考えることもできないまま、時間というのは無情に過ぎ去っていく。

と、言うより。それどころではない事態に見舞《みま》われ、呉葉《くれは》の毎日には、割と目まぐるしい変化があったものである。

（前世じゃ皇居《こうきょ》だって入ったことなんてないのに！）

今朝から、いつも以上に気合十分のメイドさんたちの手で、頭のてっぺんから指先から、何から何までピッカピカに磨《みが》き上《あ》げられ、ビーズ刺繍《ししゅう》として細かなメレダイヤモンドを縫《ぬ》い付《つ》けたコーラルピンクのドレスを着せつけられ。複雑な形に結《ゆ》い上《あ》がった金色の髪《かみ》に、同じくダイヤをあしらったプラチナ製の花ピンをぷすぷすと挿《さ》してもらったので、頭を振《ふ》るたび抜《ぬ》けそうで怖《こわ》い。

――ハイダラ帝国《ていこく》から、イザークの異母姉のアイシャ・メネクシェ殿下《でんか》が見えられるから、お前もよかったら一緒《いっしょ》に来てみないか？　先方も、お前に会いたがっているそうだぞ。

ああ、いい機会だから陛下《へいか》にもご挨拶《あいさつ》しよう。

先だって、そんなことをテオバルトから提案された時、「え！　イザークのお姉さん来るの？　会いたい会いたい」と軽い気持ちで頷《うなず》いてしまった呉葉だが、正直、それがどういうことかまで、あまり深く突《つ》っ込《こ》んで把握《はあく》してはいなかった。

（いや、よく考えたらわかる話なんだけど！　お姉さんはハイダラ帝国の皇女《おうじょ》さまなんだし、国賓《こくひん》として出迎《でむか》えるってことは、場所は王宮になるわけだし……）

エーメ王国の王都ツォンベルン、その中心にある、麗《うるわ》しの紅玉髄宮《べにぎょくずいきゅう》。

メイベル邸《てい》も大概《たいがい》広い敷地《しきち》があるが、さすがは王宮、その比ではない。名前のとおり、鮮《あざ》やかな緋色《ひいろ》を基調とした城壁《じょうへき》が続き、黄金で塗《ぬ》られたアイアンレースの正面大門の向こうは、一つの街にも届こうかという規模だ。行けども行けども、目的地に着く気配がない。

（うわ……まさにベルサイユ宮殿《きゅうでん》って感じ……！）

ちなみにたとえてはみたものの、呉葉のお粗末《そまつ》なヨーロッパお城知識では、「なんかゴージャスな建築物はことごとくベルサイユ」である。ドイツで有名なノイ……ノ、ノバイン……あれだ、なんちゃらシュタイン城は遠景写真しか存じ上げません。あと異名が姫路《ひめじ》城《じょう》っぽいこととか。

（えっと、これから女王陛下に会って？　でも今の陛下って、前の王様が亡《な》くなったから、クレハちゃんとお兄さんの伯母《おば》さんだったお妃《きさき》さまが中継《なかつ》ぎで即位《そくい》してるんだよね。どういう態度で接するのが正解なんだろう……っていうかそのあと会う予定のイザークのお姉さんはお姉さんで、立派に異国のお姫《ひめ》さまなわけだし……あばば。

生前は、国内外問わずロイヤルファミリーの情報なんて、テレビやスマホの画面越《ご》しにしか見たことのない平凡《へいぼん》な庶民《しょみん》としては。たとえ相手が一人でも、VIPに会うだけで緊《きん》張《ちょう》に口から心臓がまろび出そうだというのに。それが、女王さまからの皇女さま、まさかのハシゴ会談である。一回出した心臓を吸《す》い戻《もど》して吐《は》き直《なお》さなければ割に合わない。普《ふ》通《つう》に死ぬ。

（うわ。どんどん奥の方のヤバそうなエリアに入っていくし。うわ、うわああ……）

「クレハ、そんなに畏《かしこ》まらずとも良《い》いぞ。僕はほぼ毎日通っている場所なのだから」

「ええと、……はい。テオお兄さま」

前世の車種で言うならリムジンあたりに該当《がいとう》するであろう、広々とした乗《の》り心地《ごこち》のいい馬車の中から、外の様子を窺《うかが》い見ては慄《おのの》いていた呉葉は、正面に座るテオバルトに苦笑《くしょう》されて肩《かた》をびくつかせた。

（そっか。よく考えなくても、お兄さんの勤め先なんだもんね、ここ）

このベルサイユに毎日出仕とは、さすが、現メイベル公爵《こうしゃく》である。そういえばテオバルトの装《よそお》いは、妹よりもさらに色素の薄《うす》い白銀の髪と合わせたような、いつもと同じ白い上下の衣装《いしょう》だ。先達《せんだつ》の存在がなんとも頼《たの》もしい——と呉葉が一息ついた瞬間《しゅんかん》。

ズビ、と何かを啜《すす》り上《あ》げるような音が続き、呉葉は今度は別の意味でビクついた。

「ううっ……それにしても。まさか、家から一歩も出られなかったお前が、……直《じか》に王宮に出向いて、女王陛下に拝謁《はいえつ》を賜《たまわ》る日が来ようとは……‼」

嫌な予感に襲《おそ》われつつ恐《おそ》る恐《おそ》るそちらを見やると、案の定というか、テオバルトは片眼鏡《モノクル》を押し上げてハンカチを目元に押しつけながら滂沱《ぼうだ》の涙《なみだ》を流していた。「ズビ」という音の湿《しめ》り具合《ぐあい》からして、おそらく目だけでなく鼻からも何やら出ているのだろう。

――なお、既《すで》に諸々《もろもろ》の汁気《しるけ》でぐっしょりと濡《ぬ》れて色が変わったハンカチは、乗車してから数えても、これで五枚目の犠牲者《ぎせいしゃ》である。

「いやすまない。お前は覚えていないかもしれないが、今まで何度も謁見《えっけん》を段取《だんど》っては、我《わ》が家《や》の玄関《げんかん》をくぐるたび咳《せき》と発熱に見舞われていてな……」

「そ、そうでしたか」

（ってそんなに⁉）

まさか、王宮まで辿《たど》り着《つ》くどころか外に出た時点で頓挫《とんざ》していたとは。聞くたびに情報が上書きされていくあまりの病弱さに、「クレハちゃん、大変だっただろうな……」と呉葉はしんみりした気持ちになった。

「敷地は広いし、行き来する人数も多いが、それは国政に携《たずさ》わる中枢《ちゅうすう》機関《きかん》がここの外廷《がいてい》にばかり集まっているせいでな。ほとんどは各庁舎やら近衛兵《このえへい》の詰所《つめしょ》で、王族の起居する内廷《ないてい》は中心部だけだ。ああ、そうそう。記憶喪失《きおくそうしつ》のことも、ベルナデッタ陛下はもうご存じだから、気にせずとも良いぞ」

「はい。ありがとうございます」

頭を下げつつ、「そういえばそうだった」と呉葉は顎《あご》を引く。

転生してから、とりあえず何一つ身の回りのことを覚えていない言い訳として、呉葉は『記憶喪失』を使ったのだ。幸い、侍医《じい》に高熱の後遺症《こういしょう》として診断《しんだん》され、「まだ何も思い出せていません」という体裁《ていさい》で話が進んでいる。「兄と自分の名前以外は覚えていない」と言い張る妹のため、テオバルトは、「普通の貴族令嬢《れいじょう》であれば知っていそうな基礎知《きそち》識《しき》」も、こうしてきちんと説明してくれるのだった。

テオバルトは、顔パスならぬ紋章《もんしょう》パスらしく。衛兵の敬礼を受けながら宮殿最奥部《さいおうぶ》の検問をそのまま過ぎると、呉葉たちを乗せたリムジン馬車は、並木が両側に続く広い道をゆっくりと進んでいった。

(女王陛下、意外に気さくな方だった……!)

どうにかこうにか無事に謁見を終え、玉座《ぎょくざ》の前を兄と共に辞《じ》してから。呉葉はほうっと胸に詰《つ》まった息を吐《は》き出《だ》した。

今のクレハ・メイベルとしては初めてお目にかかるエーメの現女王、ベルナデッタ・ジスカルド・エーメ陛下は、見た目こそ華奢《きゃしゃ》で神経質そうで、たとえるなら「昼ドラで意地悪なお姑《しゅうとめ》さん役として出てきそうな外見」のおかただった。

しかし、実態は割と寛容《かんよう》かつ豪快《ごうかい》で度胸のある女傑《じょけつ》であるらしく。

――〝よく来てくれましたね、メイベル公爵令嬢。いいえ、クレハ。あなたのそんな血色のいい元気な顔を、この王宮で見せてもらえる日が来て嬉《うれ》しく思いますよ。ますます健《すこ》やかでありなさい〟

顔こそ鉄壁《てっぺき》の無表情でありつつ、気遣《きづか》いに満ちたその声で、「あ、優《やさ》しいかたなんだ」と察したものである。

力みすぎて「ほ、本日はお日柄《ひがら》もよく」などと、どこの結婚式《けっこんしき》の司会だという口上を述べかけていた呉葉は、それですっかり肩の力を抜くことができたものだ。お日柄も何も異世界に大安《たいあん》も仏滅《ぶつめつ》もあるわけがないので、口を滑《すべ》らせなくて本当によかった。

（安定した治世を行《おこな》ってて、頭が切れる賢君《けんくん》だってお兄さん言ってたしね。実力主義者で出自にこだわらないから、イザークもやりやすいって話だし）

そのイザークに関しては、姉姫のアイシャを先に出迎えているらしい。このあと、女王陛下の計らいで用意してもらった場に向かい一緒にお茶をする予定だ。

（そういえば、イザークと顔を合わせるのは、前に改めて告白されて以来だっけ）

なんだかんだとそれはそれで緊張する話だが、その点は「返事を待つ」と言ってくれた言葉を思い出して割り切ることにする。

──そして。

王宮内廷の敷地内にある、美しい庭園の東屋《あずまや》で。

ティーカップを傾《かたむ》けながら談笑《だんしょう》している人影《ひとかげ》を二つ見つけ、呉葉は「わあ」と目を瞠《みは》った。同時に、向こうもこちらに気づいたらしい。

「まあごきげんよう！　テオバルト・メイベル公爵と、妹ぎみのクレハ・メイベル公爵令嬢ね。イザークからお話はかねがね！　一度お会いしたいと思っていたのよ」

窺い見えた人影の一つはよく知った顔、イザークである。

その対面に座し、楽しげにおしゃべりに興じていた若い女性が、すぐさま立ち上がってこちらに駆《か》け寄《よ》ってきた。褐色《かっしょく》の太もものも、際《きわ》どいところまでスリットの入った巻きスカートの裾《すそ》が、ひらりと翻《ひるがえ》る。

間違《まちが》いなくアイシャ皇女だろう、彼女の印象を一言で表すなら──

（ひえ！　ボンキュッボン！　エキゾチックなボンキュッボン美人だ……！）

コロコロと鈴《すず》を転《ころ》がすように笑いながら、親しげに微笑《ほほえ》むその人は、まさに「アラビア

ンナイトに出てきそうなお姫さま」とでも評すべき外見をしていた。

目尻《めじり》を強調する黒いアイラインと青いアイシャドウ、「マッチ棒どころか割り箸《わばし》チャレンジができそう！」という密度の濃《こ》い長いまつ毛。露を結ぶ遊蝶花《ゆうちょうか》の大きな瞳《ひとみ》。そして、色の濃いなめらかな肌《はだ》を惜《お》しげもなく晒《さら》し、デコルテを大きく切って真珠《しんじゅ》や金銀の宝飾《ほうしょく》品《ひん》を重ねて吊《つ》るした華奢《きゃしゃ》な首元。

くびれた腰《こし》を見せつける金糸織《きんしおり》の衣装は、下はシルクらしき素材の長いスカートだが、上は水着並みの布面積で、エメラルドのピアスをつけた臍《へそ》回りや、「谷間に札束ねじ込めそう！」と目のやり場に困る胸元《むなもと》には、刺青《タトゥー》なのか絵の具なのかで細かな花模様を肌に描《えが》いてある。

（グラビアアイドル、いや、海外セレブがいる……）

緩《ゆる》やかに編んで細かく黄金の花飾《はなかざ》りをつけた真《ま》っ直《す》ぐな長い黒髪《くろかみ》を揺《ゆ》らし、「よろしくお願いしますわね」と微笑むアイシャに、呉葉はしばし見惚《みほ》れてしまった。

「失礼いたしました。クレハ・メイベルです。イザークお兄さまにはいつもお世話になっております」

色気と高貴なオーラにあてられてぼんやり呆《ほう》けていた呉葉だが、「お会いできて光栄です、アイシャ殿下」とテオバルトが先に挨拶と握手《あくしゅ》をすませたところで我に返り、慌《あわ》ててカッツィをとる。ドレスをつまみ、後ろに片足を引いて腰を折る礼は、幼い頃《ころ》に某《ぼう》ネズミ印のアニメ映画で見たことがある挨拶だ。まさか自分がやる日が来るとは思っていなかったけれども。

「ええ、仲良くしてちょうだいな。それにしてもクレハお嬢《じょう》さまは可愛《かわい》らしいかたね、イザーク！　聞いていたお話のとおりだわ。ねえあなた、うちの弟に興味はない？　これでも割と見どころのある子なのよ」

つたない挨拶に気を悪くするどころか、アイシャは手を打って喜んだ。

おまけに「今そのネタはちょっと！」というジョークを挟《はさ》んでくるので、呉葉は冷《ひ》や汗《あせ》をかく。

「アイシャ姉上、クレハ嬢にその手の冗談《じょうだん》はちょっと……テオの前だから」

額を押さえるイザークは、基本的にいつもどおりの銀刺繍と青い宝玉のボタンがついた黒い衣装で、それだけでもなんとなく緊張がほぐれる。

「うふふ、そうだったわね。テオバルト閣下《かっか》は妹ぎみをとっても大切にされていることも、もちろん知っていてよ。イザークがくれる便りを、あたくしいつも楽しみにしているのだもの。ねえ、お二人はなんてお呼びしたらいいかしら。テオバルト閣下と、クレハお嬢さまでよろしくて？　できたら、イザークがいつもしているようにおしゃべりしたいわ」

「では、私……ではなく僕のことは、どうぞテオと。イザーク殿下……イザークも、そう呼びますから」

「わたくしもどうぞクレハと」

「嬉しいわ、ありがとう！　それじゃテオさん、クレハさん。あたくしのことも気軽にアイシャと呼んでね」

エーメを初めて訪れることもだけれど、今日はお二人に会えるのを何より心待ちにしていたのよ、と。茶目《ちゃめ》っ気《け》たっぷりに片目を閉じてみせるアイシャに、呉葉も思わず微笑んでしまった。

（さすがイザークのお姉さんだなあ！　気さくでめちゃくちゃいい人だ！）

緊張していた分、安堵《あんど》もひとしおだ。胸を撫《な》で下《お》ろす呉葉に優しく目を細めていたアイシャは、「あら！」と不意に手を合わせた。

「素敵《すてき》！　クレハさんがお召《め》しのドレス、とても珍《めずら》しい生地《きじ》。普通の絹地ではないわね」

「え？　あっ、そうなんです……の？」

思わず普通に「へ？　そうなんですか？」と素で返しかけた呉葉は、慌ててお嬢様口調を取《と》り繕《つくろ》う。しかしアイシャは、こちらのぎこちなくなった様子にも気づかず、楽しげに呉葉の珊瑚色《さんごいろ》のドレスをためつすがめつしては瞳を輝《かがや》かせた。

「もう少し近くで見せていただいていいかしら？　触《さわ》っても？」

「は、はい、どうぞ」

「ありがとう。そうね、なんだかわざと違う質の糸をまぜながら織ってあるような……しかも、色柄《いろがら》を少しずつ変えて、細かく模様まで表現してある！　……こんな絹は初めて見たわ！　風合いも色味も独特で、すごくすごく素敵。ねえクレハさん、これはヴィンランデシアの技術ではないわね？」

「え？　その、ええと！」

勢い込んで尋《たず》ねられて、呉葉は目を白黒させた。

（そ、そんなこと言われても、テオバルトお兄さんが用意してくれたものをそのまま着ただけで！）

あわあわと対応に困っていたら、テオバルトが苦笑して助け舟《たすぶね》を出してくれた。

「妹のドレスは、アシェラ東大陸から入ってきた布地を使っています。いくつかの絹織物《きぬおりもの》をいったん細く裂《さ》いてから、糸に見立てて改めて一枚に織り直してあるそうですよ。裂き織りという伝統技法で、おっしゃるとおり、西大陸では非常に珍しいとか」

「初めて聞いたわ！　テオさんはどちらでこれをお知りになって？　どうやって入手されたの？」

「ええと、どこだったか……」

いきなり詰められた距離《きょり》の近さに困惑《こんわく》するテオバルトに向け、さらにぐいっと身を乗り出してますます興味津々《きょうみしんしん》のアイシャを見かねたものか。今まで黙《だま》って成り行きに任せていたイザークが、「ちょ、姉上……。テオもクレハ嬢も面食らってるからその辺で」と眉《まゆ》尻を下げた。

「二人とも悪いな。アイシャ姉上は、珍しいドレスやアクセサリーに目がなくてさ。見たことのない品を前にすると、いつもこうなんだ」

イザークいわく、どうやらアイシャは、ハイダラ帝国屈指《くっし》の着道楽《きどうらく》と言おうか、類を見ないほどの「おしゃれマニア」らしい。特に、ユニークな織物《おりもの》や染物《そめもの》を見つけると、ついついはしゃいでしまうのだとか。

「ああ、ごめんなさい。あたくしったら、またやってしまったわ」

口元を軽く押さえ、アイシャはばつが悪そうに視線を泳がせる。

「そのとおりなの。昔は、素敵なドレスを見つけても自分一人で着たってつまらないし、妹たちはみんな小さかったから、よくイザークに付き合ってもらっていたのよね。この子ったら、今でこそ手足もこんなに伸《の》びて勇ましい顔立ちになってしまったけれど、小さい頃はうんと可愛《かわい》かったものだから。女の子用の衣装でもよく似合っていたのよ」

(え、そうなの)

「……姉上！」

さらりと着《き》せ替《か》えごっこに付き合わされていた過去を暴露《ばくろ》されてしまい、イザークが皺《しわ》を寄せた眉間《みけん》を押さえている。ぱちぱちと目を瞬《まばた》き、彼のやや赤くなった顔を呉葉は見つめた。

（まあ、男子校とかでもミスコンがつきものだから、そんなに照れなくても……ってのはさておき。お姉ちゃんがいる弟は、趣味《しゅみ》に巻き込まれるのが常っちゃそう……かな？）

呉葉も小さい頃は、泣きじゃくる弟をよく冒険《ぼうけん》や組み手に無理やり付き合わせたものだ。渋《しぶ》る弟を従えて「修行《しゅぎょう》だ！」と近郊の野山に分け入ったまま遭難《そうなん》し、地元の大人たちに捜索隊《そうさくたい》を出させた黒歴史もある。その節はすみませんでした。

「どうぞお気になさらず。むしろお褒《ほ》めいただいて嬉しいですし、素敵なご趣味です」

呉葉がフォローを加えると、彼女は途端《とたん》にパッと笑《え》み崩《くず》れた。

「そう言っていただけて嬉しいわ！　……あたくし、実は外遊に出るときは、いつも装身具や衣装はうんと減らして行くの。だってその方が、現地で面白《おもしろ》いものを見つけるたび、目いっぱい買い込んで楽しめるじゃない？　ハイダラの誇《ほこ》り高《たか》き皇女があまり現地かぶれの珍妙《ちんみょう》な格好をするなって、お母さまや乳母《うば》に渋い顔をされることもあるけれど。一度きりの人生だし、あたくしもう気にしないことにしているのよ」

自由人な発言に、呉葉は思わず笑ってしまいそうになった。

そういえば前世で、長期休暇《ちょうききゅうか》のたびに世界各国の「そんなとこ行くぅ？」という僻地《へきち》に出向くバックパッカーをやっていた会社の同期が、「国から持ち出す身の回り品はいつも最小限に抑《おさ》えることにしている」と語っていたのを思い出す。

日用品や着替《きが》えは古着屋や百均《ひゃっきん》で揃《そろ》えたりと、使い捨ててもいいものばかりにして、徐々《じょじょ》に減っていく荷物の代わりに、空《あ》いたスペースには現地でしか手に入らない品々をしこたま詰め込むのだそうだ。そうして最後は、お土産だけが入ったバックパックを携えて帰国してくるのだという。

呉葉自身は出張以外にあまり海外経験はないのだが、同期の話に「面白いこと考えるなあ」と思ったものである。

(けどわかる。私も、ネットで外国の武術や武器で珍しいもの見つけた時とか、似たような気持ちになるもん。面白そうな筋トレ機材とかでも)

——なんだか意外な共通点も見つけてしまったし、アイシャに急激に親しみが湧《わ》いてきた呉葉である。

彼女の滞在期間《たいざいきかん》は、楽しいものになりそうだ。

(アイシャお姉さん、仲良くしたいなあ)

異世界における新たな異文化コミュニケーションの扉《とびら》が開かれそうで、呉葉は期待に胸を膨《ふく》らませた。

国賓だけあって、エーメ滞在中、アイシャは紅玉髄宮の内廷にある貴賓室《きひん》で過ごすことになった。

しかし、「せっかくエーメにいるのだから、ここでしか手に入らない素敵なドレスやアクセサリーをたくさん持って帰りたいわ！」というアイシャの希望で、筆頭歓待役《ひっとうかんたいやく》のテオバルトは、信頼《しんらい》できる外商《がいしょう》を手配したり、お忍《しの》びで市街地に出る算段をつけたり、何かと忙《いそが》しそうだった。

（普段《ふだん》の仕事もあるのに、お兄さん大変そう。私に何かできること……よし）

いつも大事にしてくれる兄の苦労を、呉葉としても放ってはおけない。会社員時代も、しょっちゅう同僚《どうりょう》たちの残業や休出に付き合っていた世話焼きな性分《しょうぶん》もあり、「わたくしもアイシャさまと親しくなりたいので！」と、歓待役の手伝いを申し出た。

当初は、「いや、お前に負担をかけるわけには……」と渋《しぶ》っていたテオバルトも、「クレハ嬢だって同性の友人ができた方がいいじゃないか」というイザークの意見に納得《なっとく》。「絶対に無理をしないこと」という条件のもと、アイシャをメイベル邸に招いてお茶会をしたり、護衛やイザーク同伴《どうはん》で都心部まで買い物に出ることを許してくれたものだ。

よくよく考えれば、滅多《めった》にメイベル邸から出られない呉葉にとって、これは思わぬラッキーだった。市街地を散策するのだって、先般、テオバルトの不在時にこっそり部屋を抜け出した時以来ではないだろうか。あの時は令嬢行方不明《ゆくえふめい》事件として大騒《おおさわ》ぎになったが、今回は兄公認《こうにん》で堂々と出歩ける。

行き先は、――本音を言えば、個人的には雑多なものが物色できたり立ち食いできる市場などがいいのだが、さすがにそれは許されるはずもなく――前世では入り口に立つことすら恐ろしかっただろうな「お仕立て以外取《と》り扱《あつか》っておりません」「お値段は勉強させていただきますが、あえて値札は省《はぶ》いております」という高級服飾店《こうきゅうふくしょくてん》や、個室貸し切りで食事をするタイプのハイソなレストランばかりだが、外出できないよりずっといい。

　過ごす相手は、イザークに似た親しみやすさや気さくさを持ち、そこからさらに無邪気《むじゃき》さと明朗《めいろう》さを加えたような性格のアイシャだ。お互《たが》いの国や家族について話したり、今まで彼女が集めてきた珍しい品々のことを教えてもらったり。いつまでもネタが尽《つ》きない。

　邸《やしき》の応接室でも馬車の中でも飲食店でも、「なんで二人とも、ただ座ってるだけで、そんな次から次へと話題が出てくるんだよ……」と付《つ》き添《そ》ってくれているイザークに呆《あき》れられるほどだ。

（お姉さんとは三歳違い、ってイザークが言ってたっけ。それじゃ女子大生か新卒社会人の年齢《ねんれい》だよね。こういう感じ、なんだか懐《なつ》かしくて、くすぐったい）

　エーメにアイシャが来て十日ほどになるが、もうすっかり打ち解けてしまった呉葉だ。

　今日も今日とて、いつぞやかイザークに正体を見抜《みぬ》かれた日にも使った高級カフェで、ほかほかと湯気を立てる紅茶を傾け、アイシャと談笑していた。これまた常どおり、「アイシャ姉上とクレハ嬢のおしゃべりを聞いてると、内容よりもいつ息継《いきつ》ぎしてんのかの方が気になるよ」とため息まじりに苦笑いするイザークも一緒である。

個室内はモノトーンやアイボリーの調度でまとめられ、広々としたオークのテーブルには、白磁《はくじ》の三段重ねケーキスタンドに山盛り積まれたサンドイッチや焼き菓子《やがし》はじめ、さまざまな軽食が所狭《ところせま》しと並べられている。軽食と言うには、何食わぬ顔で列に加わった鶏も肉のソテーやら白身魚のムニエルやらが重すぎるメニューな気もするが、そのあたりは、腹に猛獣《もうじゅう》を飼っている呉葉へのイザークによる配慮《はいりょ》だった。つくづく気遣いのできる皇子《おうじ》さまである。いつもありがとうございます。美味《おい》しゅうございます。

貴族令嬢らしく下品ではない仕草を心がけつつも、とめどなくそれらを口に入れていく呉葉を、「クレハさんはよく召し上がるのね、見ていて気持ちいいわ！」の一言で片付けてくれたアイシャは、今日もベルトコンベアがごとく諸々の食べ物を吸い込んでいく様子をニコニコと見ていたが、途中《とちゅう》で何か思い出したらしい。

「そういえばクレハさんは、今度の舞踏会《ぶとうかい》は来てくださるの？　ほら三日後の」

尽きないおしゃべりとともに、ご馳走《ちそう》をあらかた食べ終えたあたりで。不意にアイシャが濃紫《こむらさき》の目をこちらに向けて尋ねるので、呉葉は首を傾《かし》げた。

（三日後の舞踏会？　……あっ）

「アイシャさまの歓迎《かんげい》の宴《うたげ》のことですね。もちろん兄から聞いておりますわ。わたくしも参加させていただく予定です」

だんだん板についてきたお嬢様口調で答える呉葉に、「よかった！」とアイシャは満面の笑みで手を合わせた。

「テオさんが陛下に願い出て、紅玉髄宮でも自慢《じまん》の大広間を手配してくださったんですって。壁《かべ》がみんな鏡張りで、とても素敵だと聞いたわ」

「はい」

「ところで、イザークのことは『イザークお兄さま』なのに、あたくしのことは『アイシャお姉さま』とは呼んでくれないのね」

急に唇《くちびる》を尖《とが》らせるアイシャに、呉葉ははて、と目を瞬《まばた》かせる。

「……ええと、お呼びしていいなら、ぜひそうさせていただきます」

「お願いしたいわ！　なんなら、そのまま本当に義妹《いもうと》になってくれてもいいのよ！」

「義妹？　……え」

「がふっ」

呉葉も面食らったが、そこまでは「もう話題と肺活量が尽きるまでしゃべりたいだけしゃべっていてくれ」の姿勢で我関せずのスタイルを貫《つらぬ》いていたイザークが、含《ふく》んでいた紅茶に突然《とつぜん》咽《む》せた。

「あのな姉上！　……前にも言ったけど。クレハ嬢は〝深窓《しんそう》のご令嬢〟なんだ、そういう下世話《げせわ》な冗談は……」

フリーズした呉葉よりもいち早く復活したらしく、こめかみを揉《も》みつつイザークがため息をついている。一方でアイシャは特にこたえた風もなく、「何言っているの、あたくしちっとも冗談なんか言ってないわ」とコロコロ笑っていた。冗談でないなら余計にどう反応したものか。

「ごめんなさい、困らせちゃったかしら。そうだ、舞踏会といえばあたくし、せっかくだからエーメのドレスで出ようと思っているの。どんなものを着るかは当日まで内緒《ないしょ》よ。腕《うで》によりをかけて美しい装《よそお》いをするつもり。楽しみにしていてね！」

笑いながら教えてくれたアイシャに「はい」とどうにか返しつつ、呉葉は顎《あご》を引く。

（そのまま義妹……）

頭の中では先ほどの台詞《せりふ》がぐるぐる回っている。

――アイシャの来訪でなんだかんだと先延ばしになっているが、検討中の宿題は持ち越しのままなのである。

（えっと……）

イザークの方をチラリと見やると、相手も偶然《ぐうぜん》か、呉葉を見ていた。思わずパッと視線を逸《そ》らす。

（な、なんか頰《ほお》が熱い）

室温が高いのかな、と明後日《あさって》の方向のことを考える呉葉と、目を逸らされたことに苦笑するイザークとを、アイシャが「あらあら」と微笑ましげに見つめていた。

#4

異世界ファンタジー作品における『パーティー』と聞いて想起《そうき》するのは、それが少年向けなら、ダンジョン攻略《こうりゃく》や魔王退治《まおうたいじ》を志《こころざ》す勇者が組むチームのことだろう。が、少女向けならば、キラキラと輝《かがや》くお城の舞踏会《ぶとうかい》や晩餐会《ばんさんかい》である。どちらかというと魔王退治の方が向いている自覚のある呉葉《くれは》だが、今回のパーティーは後者だ。

紅玉髄宮《べにぎょくずいきゅう》で最大の広さを持つ『鏡の大広間』は、三階まで吹《ふ》き抜《ぬ》けの天井《てんじょう》を持つ巨大《きょだい》なダンスホールで、その名のとおり、壁《かべ》は一面高価な鏡張り。

天井からはいくつものシャンデリアが吊《つ》り下《さ》がり、テーブルにも壁にも、一面に燭台《しょくだい》が灯《とも》され。炎属性《ほのおぞくせい》の魔法《まほう》によって、夕暮れから始まったにもかかわらず、まるで真昼のような明るさを保《たも》っていた。

「まさか、クレハが夜会用のドレスを着て舞踏会に出る日が来ようとは……！　人と話すだけで疲《つか》れきって倒《たお》れるから、舞踏会どころか同じ年頃《としごろ》の令嬢《れいじょう》たちとの小さなお茶会で

すら難しかったのに……うぐっ、ズヒッ……やはり人間、生きているといいことがあるな

……ズズーウ」

本日の宴《うたげ》の責任者であるテオバルトは、忙《いそが》しい時間を縫《ぬ》って呉葉のエスコート役を買って出てくれた――というか「どこぞの馬の骨なぞにクレハを任せるわけがあるか」と気炎《きえん》を上げていたのでこの表現が正しいかはさておき――のである。おかげでずいぶん助けられているが、本日幾度目《いくどめ》かになる涙《なみだ》や鼻水その他まじりの台詞《せりふ》に、呉葉は「たは」と目を泳がせた。

妹が健康になったのが嬉《うれ》しくてたまらないらしい彼は、本当に、いつもちょっとしたことで感動してくれるのだ。なかなか申し訳なくなるレベルに。

（けど、テオバルトお兄さんのエスコートがなかったら、私今日だけで何回転んでいたやら……これウェディングドレスとだいたい同じぐらいの丈《たけ》だと思うんだけど、あれってこんなに歩きにくかったんだ……!?）

生きていれば出席できるはずだった弟の結婚式《けっこんしき》に向けて、お嫁《よめ》さんのお色直し用ドレス選びを手伝ったことを思い出す。こんなに足を引っかけやすいと知っていたら、もっと転びにくいものはないのかと、血眼《ちまなこ》になっていたかもしれない。

呉葉の纏《まと》う夜空のような紺碧《こんぺき》のドレスは、裾《すそ》が床《ゆか》につくほどの長さがあり、膨《ふく》らんだスカート部は幾重《いくえ》にもひだが取られ、宝石つぶのビーズや真珠《しんじゅ》をあしらった白いレースの花

細工がこれでもかと散らされた豪奢《ごうしゃ》なものだ。肩《かた》を大胆《だいたん》に出すデザインである代わりに、ドレスと同じ色の長いレース手袋《てぶくろ》を着け、首には真珠のチョーカーを巻いてある。

いつにも増して繊細《せんさい》な生地《きじ》は、少しでも踏《ふ》むとビリッと破けそうなのに、本日のお履物《はきもの》は前世の社会人時代ですら滅多《めった》に出番のなかったピンヒールである。ベタ靴《ぐつ》愛好者だった呉葉など、高いヒールを苦《く》にせずスイスイ歩く全ての女性を、優《すぐ》れた平衡感覚《へいこうかんかく》の持ち主として尊敬していたものだ。さてはきみたちみんな転生フラミンゴかと。

そのゾロゾロと裾を引く長いドレスにハイヒールのハンデ付きで、まずはホールの中央にある高壇《こうだん》の上座でパーティーを見守る女王陛下《へいか》に拝謁《はいえつ》する。さらに休む間もなく会場を周遊しながら、今度は病気療養《びょうきりょうよう》ということで顔見せできていなかった貴族たちにも挨拶《あいさつ》回《まわ》りをしていく。

「おや！　メイベル公爵《こうしゃく》とご一緒《いっしょ》ということは、あなたはもしやクレハお嬢様《じょうさま》では」

「お初にお目にかかります。いや、ご体調が良くなられたと聞いておりましたが、これほど美しいかただったとは……ところでご令嬢は」

「申し訳ないが妹は慣れない宴で疲れているのでこれで」

おそらく貴族であろう、育ちの良さそうな「お坊《ぼっ》ちゃん！」といった風情《ふぜい》の青年たちが、途中《とちゅう》で頻繁《ひんぱん》に声をかけてきた。が、テオバルトが冷えた笑顔《えがお》でことごとくシャットアウトしてくれるので、今のところほぼ会釈《えしゃく》だけですんでいるのが幸いである。何せ脚《あし》がプルプルして、彼のサポートが、もはや自走式人型松葉杖《まつばづえ》と言って差《さ》し支《つか》えないレベルのありがたさだった。一度もすっ転ばなかっただけ褒《ほ》めてほしい。ドレス怖《こわ》い。

（それにしても、なんて言うんだっけ、こういう形のドレスのこと。聞いたことがあるなあ。えーと、……あ、そうだ。ボールガウン！）

なぜ服飾《ふくしょく》関係《かんけい》に疎《うと》い身でそんな単語を覚えているかといえば、生前に、ファッションに詳《くわ》しくて女子力の高い友人が教えてくれたからだった。ボールとはまさに舞踏会のことだとも、同じ相手に聞いたような。

――ボールガウンはねえ、ベルラインどころかプリンセスラインよりも、もっともっとお姫《ひめ》さまなんだよぉ。腰《こし》はキュッと絞《しぼ》って裾がボワっと膨らんで、もう最高にゴージャスなんだから。

同時に、友人のテンション高めのマシンガントークまで思い出して、懐《なつ》かしくなる。弟の婚約者《こんやくしゃ》のドレス選びを万全《ばんぜん》の態勢で手伝うため、「アパレルのみんな、おらにお知恵《ちえ》を貸してくれぇ」と縋《すが》りついた呉葉に、彼女はドレスの種類から雑学レベルの豆知識まで叩《たた》き込《こ》んでくれたものだ。

（お色直しのカラードレス選ぶって言ったら、世界の服飾とか染色《せんしょく》の歴史まで教えてくれたっけ……元気してるかな）

友人は、「呉葉っちも自分で着てみないとヒトに勧《すす》めらんないでしょ！　習うより慣れろだよぉ！」と、一緒にお手頃な店に入って試着まで付き合ってくれたが、上半身の露《ろ》出度《しゅつど》の高いドレスを着た己《おのれ》の姿が、どう好意的に見ても女装した男性へビー級プロボクサーにしか見えなかったキツい記憶《きおく》も甦《よみがえ》る。「まあ、ドレスにも素材とかで似合う似合わないがあるからぁ……」と苦しいフォローをしてくれた優《やさ》しい友人には申し訳ないが、この場合どう考えても不適格な素材はドレスではなく中身の方です。

(今思えば、あの子のドレスに傾《かたむ》ける熱意、アイシャお姉さんにちょっと似てたかも。何かに夢中になれるのっていいよね)

呑気《のんき》にそんなことを考えていたところで、「おっと」とテオバルトが懐中時計《かいちゅうどけい》を見る。

「もうそろそろアイシャ殿下《でんか》の支度《したく》ができる時間だ。僕は迎《むか》えに行かなければならないが、クレハもどうだ？」

「ご一緒したいです」

「まあ、補助はイザークに任せてあるから、そんなに慌《あわ》てることもないのだが」

テオバルトの言葉とともに、ホール奥の扉《とびら》が開き、話題の人物たちが入ってくる。アイシャと、彼女をエスコートするイザークだ。

(うわぁ……)

呉葉は思わず目を瞠《みは》った。

艶《つや》やかな長い黒髪《くろかみ》を高く結《ゆ》い上《あ》げたアイシャの、褐色《かっしょく》のうなじから背中を大きく見せるドレスは、予告どおりエーメ風のものだ。ピッタリと体の線の滑《なめ》らかさを強調するように曲線を描《えが》くデザインは、彼女にそれはよく似合っていた。

何よりも目を惹《ひ》くのは、その鮮《あざ》やかな緑色である。砕《くだ》いたエメラルドで染めたように深く神秘的な色合いで、キラキラと光を弾《はじ》く生地も相まって、まるで羽を広げた孔雀《くじゃく》のような華《はな》やかさを演出していた。

呉葉よりもよほど高いヒールを履《は》いているのに、しずしずと危なげもなく歩く姉に、片腕《かたうで》を差し出して導くイザークもまた、金飾緒《きんモール》や群青《ぐんじょう》の宝石ボタンで飾《かざ》られた装《よそお》いをしており、普段《ふだん》よりいっそう洗練されて映る。腰に巻かれたサッシュベルトや首元を彩るクラヴァットで緋や銀を差し色《いろ》に使うのも粋で、二人合わせてまるで一枚絵だ。たぶんタイトルは『異国の王子様とお姫様』。

（イザークかっこよ！　アイシャお姉さんきれいだなあ。あーもうこの世界、スマホあればいいのに。むしろ一眼レフ。めちゃくちゃ撮《と》りまくるのになあ）

眼福な光景に、呉葉はにやつく口元を優雅《ゆうが》に広げた羽根つき扇子《せんす》で覆《おお》った。

彼らはしきたりどおり、壇上《だんじょう》で会場を見下ろすベルナデッタ女王の元に拝謁したのち、こちらに歩いてくる。

「ご機嫌《きげん》ようテオさん、クレハさん。テオさん、こんなに盛大《せいだい》で素敵《すてき》な会を設《もう》けてくださってありがとう。忘れられない夜になりそうだわ。それにクレハさんの今日の装い、とっても可憐《かれん》ね！　紺色《こんいろ》のドレスに真珠のお花が輝いて、星空の妖精《ようせい》のよう」

「あ、ありがとうございます」

にっこりと微笑《ほほえ》んで挨拶をくれるアイシャには、こちらが褒める前にファッションを褒められてしまった。「そんな、アイシャお姉さまこそ」としどろもどろになりつつ、呉葉は改めて彼女に見とれる。

アイシャもイザークも、近くで見れば見るほど、輝くばかりに麗《うるわ》しい。そして、「誰《だれ》それちゃんの服カワイーー！」「誰々ちゃんこそぉ」という在りし日の学生時代の会話を思い出し、ファンタジー世界の貴族令嬢も、女子大生とあまり大差ないのだなと変なところで感心した。

――ちなみに呉葉の前世における服飾事情は、基本、近所の大型スーパーの衣料品コーナーか格安量販《かくやすりょうはん》ブランド二択《にたく》、おまけに身丈《みたけ》に合うサイズ展開がないからとメンズラインを着ていたために、この手のやりとりには縁《えん》がなかったことを付記しておく。友人たちも心得たものでそっと触《ふ》れずにいてくれた。

「アイシャお姉さまのドレス、とても美しい緑色ですね。こんな鮮やかな彩りは初めて見ます。どちらで手に入れられたものですか？」

当時友人たちがしていた会話のうろ覚えで、「エーそれどこで買ったのぉ？　見たことない、超《ちょう》いいじゃん」をお嬢様風に言《い》い換《か》えて問いかけると、「よくぞ訊《き》いてくれたわ」

と言わんばかりに、アイシャはさっそく濃紫《こむらさき》の花の色の瞳《ひとみ》を輝かせた。

「そうでしょう！　手違《てちが》いで届いたようなのだけど、あたくしも一目惚《ひとめぼ》れしてしまって」

「手違い、……ですか？」

この言葉に眉《まゆ》を顰《ひそ》めたのは、隣《となり》で話を聞いていたテオバルトだ。この反応に、アイシャは小首を傾《かし》げている。

「ええ。確かにあたくしが発注していた先から届いた品ではあるのよ。でも、頼《たの》んだのはハイダラの国色である黒と金を基調にした意匠《いしょう》だったはずなの。店の者は確認前《かくにんまえ》に帰ってしまったし、念のため侍女《じじょ》たちに調べてもらっても、毒針が仕込んであったりはしなかったし。何よりも、予定していたドレスよりずっと素敵だからいいかと思って」

「そうでしたか。失礼ですがアイシャ殿下、店名を伺《うかが》っても……」

そのままテオバルトとアイシャが話し始めてしまったので、呉葉は手持《ても》ち無沙汰《ぶさた》になる。

そういえば自分も、会社員時代にイベント担当だった時は、予期せぬトラブルに見舞《みま》われたり何かと大変だったものだ、と筆頭歓待役《ひっとうかんたいやく》のテオバルトに妙《みょう》な親近感を持った。

「……歩きにくそうだな、大丈夫《だいじょうぶ》か？　踵《かかと》とかつま先とか」

それぞれの兄と姉の目がこちらから逸《そ》れたタイミングで、こっそりとイザークが耳打ちしてくれた。その言葉に、呉葉は驚《おどろ》く。

「ありがとう、実はこれヒール高くって、靴擦《くつず》れ直前だったの！　よくわかったね」

「あんたにしちゃ重心がぶれてたから、だろうなと思って。ちょっと隙《すき》見てバルコニーに抜けて、布か何か巻くか。手伝うよ。あと、そろそろその腹の虫が限界を迎える頃だと思うから、このあたりで待っててくれたら、適当な肉類取ってくるけど」

矢継《やつ》ぎ早《ばや》に思考の三手先くらいまで読まれて「すごい」と呉葉は感動する。

「前から薄々《うすうす》思ってたけど、イザークってエスパー？」

「えすぱあってなんだ？」

そのままいつもどおり取り留めもないやりとりを展開しつつ、呉葉はちらりと思う。

（……にしてもイザーク、本当に普段と変わんないなあ）

前に、正式に気持ちを言葉にして告白されてから、間にアイシャやテオバルトを挟《はさ》まずに彼と会話するのは、おそらく初めてではないだろうか。

こちらは持ち帰り事案の課題を脳内にプールしている身なのだ。だが、「それだけに何をどう話したものか」というちょっとの気まずさも感じさせないほど、その態度は自然だった。やはり気遣《きづか》いの人である。

（私が二十歳《はたち》の時ってもっと脳天気でパッパラパーに生きてたと思うけど、イザークってやっぱりすごいや）

「えーと。エスパーってのは、超能力者っていうか、普通《ふつう》の人は使えないようなすごいパワーを持った人のことだよ。心を読めちゃったりするんだって」

「へえ、そんなのがいたのか。こっちでいう魔法の亜種《あしゅ》みたいだな」

「確かにそうかも。と言っても、あっちでエスパー名乗ってた人たちが実際にそんな力を使えたのかはわかんないけどね。騙《かた》りも多かったぽいし」

「そうなのか？　使えたら便利そうではあるけど」

呉葉のざっくばらんな説明に、イザークはくすりと苦笑《くしょう》する。

「俺に本当にそんな力があったら、あんたが今日、その髪飾《かみかざ》りを着けてきてくれた理由もわかったりするのかな？」

――そこから流れるように、ナチュラルに爆弾《ばくだん》をぶっ込まれた。

（へ⁉）

一瞬《いっしゅん》、思考が停止してしまう。適当に「あはは、そうだね」と返しかけた声を寸前で呑《の》み下《くだ》したせいで、呉葉の喉《のど》は「ごきゅん」と奇妙《きみょう》な音を立てる。

イザークの方は、そんな呉葉の動揺《どうよう》に気づいていないのか、気づかないふりをしているだけか。複雑な形に結い上げた金髪《きんぱつ》に挿《さ》された銀の花の位置を示すように、己の頭の脇《わき》をちょいちょいと指さしつつ、「気づかないわけないだろ。ずっと、着けてくれてるなって思ってたんだよ」と楽しそうに笑っている。

「ありがとな、使ってくれて嬉しい。……し、すごく似合ってる」

「う、うん」

「あと、言う機会逸《いっ》してたけど、今日のドレスもいいと思う。星屑《ほしくず》かうんと散った夜空みたいだ。着てる方は歩きにくそうだけど」

「ありがと……そっちは割と死活問題なの。今度ぜひイザークも挑《いど》んでみたらどうかな」

「そりゃ難題だ。着る方もだけど、俺の女装を見せられる方も」

どうにか持ち直して軽口を叩き返すと、そのまま爆弾は無事に処理されたようで、話題が流れていく。呉葉はほっと胸を撫《な》で下《お》ろした。

(うわあもう。し、心臓に悪いって！)

どこまでわかっていて翻弄《ほんろう》しているのやら。いや、言った本人はあくまでも屈託《くったく》ない様子というか何食わぬ顔をしているので、おそらく天然なのだろうけれど。「イザーク、恐《おそ》ろしい子」と、不自然に脈が速まった胸を押さえつつ、呉葉は視線をさまよわせた。

その瞬間《しゅんかん》だった。

――どさり。

(え？)

すぐそばで何か布の束が床に落ちるような音がして、呉葉は振《ふ》り返《かえ》る。

傍《かたわ》らに、最前目にしたばかりの美しい緑の塊《かたまり》が落ちている。

――アイシャが倒れたのだと、一拍遅《いっぱくおく》れて気づいた。

きゃあ、と周囲の貴婦人たちから甲高《かんだか》い悲鳴もあがり、どよめきが広がっていく。

「アイシャ殿下⁉ どうされました！」

素早く助け起こしたのは、対面で彼女と会話していたテオバルトだ。イザークも顔色を変えて横に膝《ひざ》をつく。

「テオ、何があったんだ！」

「わからない。話しているそばから顔色がだんだん悪くなっていくから、大丈夫かと声をかけた瞬間に倒れられたのだ。――おい、誰か医官を呼んでくれ！ アイシャ殿下が」

呉葉も慌てて駆《か》け寄《よ》ってしゃがみ込む。

先ほどまで優雅に微笑んでいたはずの顔が辛《つら》そうに歪み、呼吸も浅い。額には玉のような汗《あせ》が滲《にじ》んでいる。どう考えても尋常《じんじょう》ではない。

（アイシャお姉さん、何があったの！ 胸とお腹《なか》を押さえてる……そこが痛むの⁉）

道場で師範代《しはんだい》をやっていた時分、弟子《でし》たちの怪我《けが》の応急処置ならお手のものだったが、こんな症状《しょうじょう》は初めて見る。もちろん人命救助の基礎《きそ》で、気道確保やら心臓マッサージの手順はわかるが、もしこの世界ならではの特別な治療《ちりょう》を経《へ》なければならない奇病《きびょう》だとしたら下手《へた》に動けない。

そうこうするうちに、アイシャはますます苦しげにもがき始め、息も細くなってきた。

華奢《きゃしゃ》な肢体《したい》がビクビクと痙攣《けいれん》する。

「呼吸の乱れと嘔気《おうき》、眼球の充血《じゅうけつ》、浮腫《ふしゅ》も出てる……急性の砒素中毒《ひそちゅうどく》だ」

不意に、同じく険しい面持ちで姉の脈などを測って介抱《かいほう》していたイザークが呟《つぶや》く。呉葉は「え」と顔を上げた。

「砒素って、あの猛毒《もうどく》の⁉」

「ああ。劇症化《げきしょうか》を促《うなが》すための魔力痕《まりょくこん》もある。間違《まちが》いない」

（アイシャお姉さん、毒を盛《も》られたってこと……⁉）

──とっさに思い出すのは、この身体《からだ》を託《たく》してくれたクレハ・メイベルの死因だ。

国家間の陰謀《いんぼう》に巻き込まれた彼女の命を奪《うば》ったのも、連続殺人鬼《れんぞくさつじんき》の使ったおぞましい毒だった。ゾッと背筋を駆ける悪寒《おかん》に、呉葉は青ざめる。

（しかも砒素なんて！　そんな怖い毒、どうすれば）

推理ものや刑事《けいじ》ドラマでしか聞かないような名称《めいしょう》だ。こういう時に「ぺろっ、これは青酸カリ」な眼鏡《めがね》の小学生がどうやって対処していたか、もっと真面目《まじめ》に見ておくんだった。

動揺しきりな呉葉に比して、毒の種類を聞いたテオバルトの行動は迅速《じんそく》だった。

「魔法が使われている砒素か。わかった。……おい、誰かたくさんの水を！　それから、どんなものでもいいから、暖炉《だんろ》から燃えきった炭を持ってきてくれ！」

会場が騒然《そうぜん》となる中、彼の指示を受けた給仕《きゅうじ》たちが言われたとおりの品を集めてくる。テオバルトは、渡された消し炭を指先で砕くと、グラスの水に溶《と》かし、アイシャの口元に注ぐ。残りを首筋や喉笛《のどぶえ》に振りかけ、その上から手をかざした。

（！　水の魔法……？）

――テオバルトは優れた水魔術《みずまじゅつ》を使うと聞いている。

大きな水の流れを操るよりは、水滴《すいてき》や蒸気などを利用した繊細な技が得手《えて》らしく、「そういえば人体も基本的に水でできているんだった」と呉葉は妙なところで驚いてしまった。

やがて、上体を支えられたアイシャが咳《せ》き込《こ》み、水の塊《かたまり》を口から吐《は》き出《だ》した。床にビシャリと透明《とうめい》の雫《しずく》が散るのを確認し、彼は同じ動作を繰《く》り返《かえ》す。消し炭入りの水を飲ませ、吐かせる。

しばらくするうちに、ぐったりはしているものの、アイシャの呼吸は落ち着き、痙攣も止《や》んだようだ。

「……肺腑《はいふ》には蒸気で、胃腸は水を送って解毒《げどく》した。粘膜《ねんまく》や皮膚《ひふ》から血流に染《し》み出《だ》したものも含《ふく》めて、消し炭に吸着させて砒素を取り除いている。中毒による損傷の回復まではできないから、そちらは医官の判断待ちだが、……ひとまずこれ以上毒が回るのは防いだはずだ」

「感謝する、テオ」

兄とイザークのやりとりに「一命は取《と》り留《と》めたのかな」とホッと胸を撫で下ろした呉葉だが、厳しい表情のまま片眼鏡《モノクル》を押し上げる様子に、改めて予断は許されない状況《じょうきょう》なのだと思い知る。

やがて駆けつけた医官の診察《しんさつ》が始まり、即席《そくせき》で設けられた衝立《ついたて》の向こうにアイシャの姿は隠《かく》された。

「ハイダラの皇女《おうじょ》が倒れたぞ」

「毒だって、聞いたか」

「いったいどういうことですのよ」

「ええ？　他の飲み物や食べ物は大丈夫なの。私、お酒をいただいてしまったわよ」

それでも周囲のざわめきは未《いま》だ収まらず、異国の皇女が倒れるところを目の当《ま》たり《あ》にした参加者たちの混乱はとどまるところを知らない。むしろますます色めき立つ彼らに、

「皆さん静粛《せいしゅく》に……！」とテオバルトが声を荒《あら》らげかけた時だ。

「何ごとです。騒《さわ》がしい」

厳《おごそ》かな声が響《ひび》き、瞬間にしんとあたりが静まり返る。

呉葉が振り向くと、視線の先には、先ほどまで壇上にいたはずのベルナデッタ・ジスカルド・エーメ女王が立っていた。

ほとんど白銀色に染まった淡《あわ》い色の金髪を額から後ろに流して綺麗《きれい》に結い上げ、上品なシルバーグレイのドレスを纏った痩身《そうしん》の背を毅然《きぜん》と伸《の》ばした彼女は、たちどころにその場の空気を支配する威厳《いげん》があった。動揺していた貴族たちが一斉《いっせい》に首《こうべ》を垂《た》れて礼をとるのに倣《なら》い、はっとして呉葉も膝を折る。

「メイベル公爵。状況を説明なさい」

「……恐れながら陛下。先ほど、ハイダラ皇女アイシャ殿下が倒れられました。引き続き処置の最中ですが、何者かに砒素と思《おぼ》しき毒を盛られたようです」

命じられたテオバルトが答えると、鉄仮面のごとき無表情で耳を傾けていた女王は、わずかに顔をしかめた。

「砒素ということは、盛られたのは食事ですね？　とすれば、宴の饗膳《きょうぜん》を調《ととの》えた者を調べる必要がありますが……」

静かに告げられた女王のその言葉に、呉葉はごくりと唾《つば》を呑《の》む。

（陛下がおっしゃってるのは、疑わしいのはお酒やごちそうが毒入りだったんじゃないかってことだよね。けど、この宴って……）

料理人や配膳係《はいぜんがかり》が取り調べの対象になるのはもちろんのこと、――この歓迎《かんげい》の宴の一切《いっさい》を取り仕切っていた責任者は、他でもないテオバルトだ。

もし本当にそうだとしたら、たとえ彼自身の指示ではなかったとしても、お咎《とが》めは逃《のが》れられない。もちろん、そうとわかっているテオバルト本人も、俯《うつむ》いて眉根《まゆね》を寄せた。

「いえ、……それが、体内にどうやって毒が取り込まれたのか、摂取《せっしゅ》の経緯《けいい》がわからないように魔術《まじゅつ》で巧妙《こうみょう》に細工がされているようなのです。私の水魔術で血流を利用して毒を除きましたが、異様に回りが速く、手探《てさぐ》りの状況で……」

「では、中毒の理由はテオバルト、あなたにもわからないと」

「……はい」

「それは、……なんとも困りましたね」

苦々しい顔つきの伯母《おば》と甥《おい》とのやりとりを聞きながら、焦《あせ》ったのは呉葉だ。

（どうしよう。このままじゃテオバルトお兄さんが！）

唐突《とうとつ》に立たされた窮地《きゅうち》に、どうしたものかと頭は空回りするばかりで。

――それに、と呉葉は唇《くちびる》を噛《か》む。

（なんだか嫌《いや》な予感がする。さっきので、本当に毒の脅威《きょうい》はなくなったのかって……）

黙《だま》るテオバルトや狼狽《うろた》える呉葉に代わり、「お待ちください陛下！」と声をあげたのはイザークだった。

「姉は、会場入りの前も入ってからも、何も口にしないままでした。ここに着いて、ほとんど間をおかず倒れております。それに、これほど劇症の中毒性を魔力《まりょく》で増幅《ぞうふく》された砒素であれば、他の参加者や、銀食器にも影響《えいきょう》が出ているはずです」

イザークの言葉に、「あ」と呉葉は息を呑む。

砒素には硫黄《いおう》の入った化合物が含まれているので、銀と反応すると黒ずむことがあると、それこそ何かの推理もので読んだような。ゆえにその昔、ヨーロッパの貴族たちが銀のカトラリーを使っていたのは、毒殺を防ぐためであったとか、どうとか——本当にそんな現場に出くわすことになろうとは、夢にも思わなかったが。

「ふむ……」

イザークの訴《うった》えを聞き、ベルナデッタは顎《あご》を引くと、すぐさま「会場の酒食を調べなさい。それから誰も部屋から出さないように」と近衛《このえ》たちに命じている。

兵士たちが会場の扉を封鎖《ふうさ》し、テーブルの品々を調べる間。——衝立の向こうから聞こえる一度は治《おさ》まりつつあったはずのアイシャの呻《うめ》き声《ごえ》が、またしても大きくなった。

(アイシャお姉さん、解毒はすんだはずじゃ……!)

どれだけ武術の心得があっても、目の前で苦しむ人を助けることもできないなんて。

何もできないことへの焦燥感《しょうそうかん》と無力感から、拳《こぶし》を握《にぎ》りしめた呉葉だが。そこでふと、先ほど思い出したばかりの、友人のドレス雑学が脳裏《のうり》をよぎった。

——そうそう、ドレスといえば、呉葉っちは知ってるぅ？　着たら死んじゃう、こわーい呪《のろ》いのドレスの話。ま、呪いっていうか、毒のドレスなんだけど。

（お姉さんが着ていたドレス、すごく綺麗な緑色だった……）

つうっとこめかみを汗が伝う。

「っ……失礼いたします！」

とっさにアイシャがいる衝立の向こうに駆け込むと、目を白黒させる王宮付きの医官たちに、呉葉は叫《さけ》んだ。

「このドレス！　脱《ぬ》がせてください！　早く！」

「……？　メイベル公爵令嬢、しかし」

「いいから！　思いっきり破っちゃっていいので、脱がせたらすぐ彼女から離《はな》して！　あとドレスに触《さわ》ったかたは即《そく》手をよく洗ってきて！」

指示を受けた彼らは、まごつきながらもドレスを脱がせていく。

呉葉は下着姿となったアイシャの体に布をかけ、医官たちが彼女を元凶《げんきょう》のドレスから隔離《かくり》するのを見届けてから、衝立の外にいるテオバルトを呼んだ。状況を説明して再びの解毒を頼むと、やがて乱れていたアイシャの呼吸も落ち着いてくる。

「どういうことです？　メイベル公爵令嬢」

兄と共に衝立の外に出ると、ベルナデッタ女王が厳しい表情でこちらを見据《みす》えていた。

緊張《きんちょう》に唾を呑みつつ、呉葉は端的《たんてき》に質問に答えることにする。

「……毒が仕込まれていたのは、アイシャ殿下のドレスだったのです。きっと調べればわかることですが、染料《せんりょう》に魔法をかけた砒素が使われているはず……かと」

話しながら呉葉は、改めて友人の話を思い出していた。

かつて、ヨーロッパでも毒に対する認識《にんしき》が甘かった頃《ころ》。

――ドレスに使う染料や、絵画や壁紙《かべがみ》を塗《ぬ》る顔料に、その特有の美しい発色ゆえ劇薬が使われることも多かったという。

(特に、シェーレグリーンやパリスグリーンっていう特別きれいな緑色の染料には、大量の砒素が含まれていたって。ナポレオンが亡《な》くなった原因が、壁紙にその色を使っていたせいだって、あの子言ってた……)

日本でも古来から存在する彩色《さいしき》で、「緑青《ろくしょう》には毒がある」と俗《ぞく》に言われるのは、実は銅から出る青錆《あおさび》ではなく、この砒素由来の『花緑青《はなろくしょう》』のことを指《さ》すのだとか。

もっともナポレオンの直接の死因は癌《がん》で、壁から揮発した毒素にゆっくり蝕《むしば》まれていったようだが、先ほどの話だと、こちらの世界では魔法で作用を強くできるらしい。

あの鮮やかなドレスのグリーンは、劇症性を持たせた毒に由来するものだったのだ。まさに「死をもたらす呪いのドレス」である。

「ええと、……倒れられる前にアイシャ殿下ご本人からお聞きしましたが、ドレスはいつの間にか用意されていたもので、自ら手配した品と異なるようです。もちろん饗膳に毒が盛られていたわけでもありません」

緊張しつつもどうにか知る限りのことを伝え、相手の反応を待つ。

黙ったまま耳を傾けていたベルナデッタは、やがて聞いた内容を咀嚼《そしゃく》するように目を閉じると、「なるほど……」と唸《うな》った。

「話はわかりました。とすれば、テオバルトの責とするのは早計《そうけい》でしょう。……機転に感謝します、クレハ。少し見ないうちにさまざまな知識を身につけたようですね」

メイベル公爵令嬢ではなく、名前で呼びかけられたことで、呉葉は目を瞬《まばた》く。

――そういえば、彼女は「クレハ」の伯母なのだ。「きょ、恐縮《きょうしゅく》です」とドレスの端《はし》をつまんでそれらしくお辞儀《じぎ》をしつつ、最悪の事態が回避《かいひ》できたらしいことに、息を吐く。

（詳しい話はお姉さんが目覚めてからになると思うけど……これからどうなるんだろう）

こんな事件が起きては、当然ながら舞踏会は中止である。

騒然とした状況の中、やがて容体が落ち着くのを待ち、イザークに付《つ》き添《そ》われて運ばれていくアイシャを見送りながら。

波乱の予感に、呉葉は唇を噛んで視線を落とした。

#5

その後、改めて捜査が行われた結果。

アイシャが倒《たお》れた原因は、緑の染料《せんりょう》に使われた砒素《ひそ》で間違《まちが》いなかった。

問題のドレスを詳《くわ》しく分析《ぶんせき》したところ、呉葉《くれは》が指摘《してき》したとおりに検出されたのだ。

おまけに、魔法《まほう》で劇症性《げきしょうせい》を高められていた。つまり偶然《ぐうぜん》ではなく、故意に毒気のある染料が使われたことになる。

アイシャが自国で、宴《うたげ》のたびに当日の衣装《いしょう》を「お楽しみに」と必ず伏せるのは有名で。

今回の件ももちろんテオバルトが関与《かんよ》しようがなかったため、彼の責が問われることについてはひと安心ではある。

しかし、王都に暮らす貴族の大半が集まる盛大《せいだい》な舞踏会《ぶとうかい》の最中に起きた凶行《きょうこう》ということも手伝い、そこから騒《さわ》ぎは一気に大きくなってしまった。

舞踏会の晩からこちら。

呉葉にとっては、まさに怒涛《どとう》のように目まぐるしく時が過ぎ去っていった。

事件の現場に居合わせたこと、ドレスのカラクリを見抜《みぬ》いたことで、連日城に出ては王立騎士団《きしだん》の質問に答えたり、当時の状況《じょうきょう》を証言したりと、呉葉の周囲も少なからず慌《あわ》ただしかった。しかし、間もなく、箱入り令嬢《れいじょう》から聞き出せる話もなくなったと判断されたらしく、呼び出しや訪問も途絶《とだ》えた。

おかげで、心配性《しんぱいしょう》のテオバルトの指示により、またもメイベル邸《てい》に閉じ込められている。

呉葉以上に大変だったのは、宴の責任者であるテオバルトと、当のアイシャの弟であるイザークだ。二人ともほぼほぼ朝から晩まで王宮に出たきりで、ここ数日、顔を見ていない。テオバルトが家に戻《もど》ってくるのは月が高くなってからで、呉葉はまんじりともせず彼らの身を案じ続けた。

さらにイザークは、命を狙《ねら》われた姉の身辺を自ら警護《けいご》するため、徹夜《てつや》で枕元《まくらもと》に詰《つ》めているらしい。ヤキモキしながら容体の心配をしていた呉葉だが、ひとまず峠《とうげ》は越《こ》えたと伝え聞いて安心したものだ。

しかし、犯人が捕《つか》まっていないので油断はできない。アイシャは未《いま》だに目を覚まさず、こんこんと眠《ねむ》り続けているともいう。その他の状況を知ろうにも、テオバルト以上にイザークとは、直接話せる機会がないのである。

彼がようやくメイベル邸に顔を見せにきたのは、ろくに寝《ね》ていなさそうな親友の身を案じたテオバルトが、交代でアイシャのそばにつくことになった時である。

「え！　アイシャお姉さんのドレスの入手先、結局不明のままなの……⁉」

寝ていないという話は本当のようで、目の下に青黒いクマを作って憔悴《しょうすい》した様子でやってきたイザークを、「ひとまず座って！」と客間のソファに案内してから。

彼に聞かされた報告第一声に、呉葉は驚《おどろ》いた。

「取り調べ中の服飾店《ふくしょくてん》は、当初の注文どおりの品を届けたはずだって言い張ってるし、証拠《しょうこ》も残ってる。姉上の身の回りの世話は、ハイダラから連れてきた信頼《しんらい》できる侍女《じじょ》たちだけで固めてあるんだが、誰《だれ》に訊《き》いてもドレスの箱がいつすり替《か》わっていたものか判然《はんぜん》としないんだ。……ところでこれ、すげえ効く。ありがとう」

「でしょ。社畜《しゃちく》時代に机仕事が続いた時によくやってたの、ほんとは干したヨモギを包んで蒸《む》すとさらにいいらしいんだけど」

ソファの背もたれにぐったりと沈《しず》み込《こ》み、呉葉がメイドさんたちに頼《たの》んで作ってもらった蒸《む》しタオルで両目を押さえていたイザークが、続けていささか嗄《か》れた声で「……面目《めんぼく》ない」と呟《つぶや》く。「ううん、むしろこうして教えにきてくれてありがとう」と首を振《ふ》りつつ、呉葉は眉間《みけん》に皺《しわ》を寄せた。

「テオバルトお兄さんは、ドレスの件に責任はないって話に変わりないんだよね？」

「ああ。姉上の自室でのことは把握《はあく》しようがない状況だったしな。そこは安心してくれ」

「え？　……『そこは』、って？」

イザークの言い回しに少し不穏《ふおん》なものを感じ、呉葉は眉《まゆ》を顰《ひそ》める。

「つまり、何か別の揉《も》めごとは起きてるって意味だよね」

「……正直またか、っていうか。クレハも感づいてるだろうけど、俺の故郷の問題で」

「……」

この言葉に、呉葉の口の中が一気に苦くなる。

（やっぱり、ハイダラ帝国《ていこく》の……）

――思い出すのは、呉葉がこの世界に呼び寄せられた原因だ。

ジョアン・ドゥーエを使い、本物のクレハ・メイベルを暗殺するよう指示した黒幕《くろまく》がいるのである。

「もしかして、今回も……イザークのお兄さんの、ラシッドって人絡《がら》みだったりする？」

「ご明察」

目元からタオルを外したイザークが、苦々しく顔をしかめる。

「あいつが何か企《たくら》むのは予想してたけど、アイシャ姉上本人を狙うんじゃなく、周りの付き人に紛《まぎ》れ込《こ》ませるなりで俺の方に刺客《しかく》を差し向けてくるものと思っていたんだ。というか実際、そっちはそっちで、ちゃんとあったし」

「あったんだ⁉　そして、そんなさらっと言えちゃうくらい普通《ふつう》にあったんだ⁉」

「あとは前回同様、体が弱いって触《ふ》れ込《こ》みのあんたも標的にされるかも、ってくらいか。ジョアンの件を解決する過程で、メイベル公爵《こうしゃく》令嬢が生きてるってことは当然知られてるわけだし、テオに揺《ゆ》さぶりかける気なら余計に狙い目なわけだし」

「えー……ひょっとしてひょっとしなくても、……それも、あったんだ……？」

「あー……いや、まあ。……実はそう。全部メイベル邸に入れないで未然に防いだけど、あっちも慣れてんのか証拠を消すのが抜群《ばつぐん》にうまいから、尻尾《しっぽ》は掴《つか》めてない。これも前と同じだな」

（ぜ、全然知らなかった……）

そんな水面下での争いがあったとは。内心、「何それ、王宮陰謀劇怖《いんぼうげきこわ》い」と呉葉はやや引く。そして、すっかり知らない間に、イザークとテオバルトが自分の身を守るために奔《ほん》走《そう》してくれていたことがわかり、複雑な気持ちにもなる。

（もちろん、ありがたいし嬉《うれ》しい、んだけど。でも……言ってくれたら、よかったのに）

過保護が過ぎて「妹にはそよ風も当てぬぞ」主義なテオバルトにそれを期待するのはさすがにしないが、イザークはいささか水くさいのでは。

——話してくれたら、喜んで力になったのに。

（って、言いづらいのもそりゃあそうか。イザーク、気遣《きづか》い屋《や》だもんなあ）

だから、今こうして話してくれただけでも、十分にありがたい。

もやついた気持ちにさっくりカタをつけると、呉葉は「で」と背筋を正した。せっかく話してくれる気になったのだし、こうなったら、敵の基本情報を摑んでおきたい。

「今さらかもしれないけど、ラシッド……お兄さん？　って、ハイダラ帝国の第一皇子《おうじ》なんだよね？」

「そう」

クレハ・メイベル暗殺事件にまつわることとして、イザークが以前、自分の身の上を話してくれたことがある。弟のことや前世での仕事など、訊かれれば訊かれただけホイホイ答えていた呉葉と違《ちが》い、彼はそれまで、あまり兄弟や家族のことを進んで語ろうとはしなかったので、僅少《きんしょう》な情報ではあるのだが。

（ラシッドって人は、イザークと次期皇帝《こうてい》の座を巡《めぐ》って対立してるって。と言っても、周りが勝手に推《お》しているだけで、イザーク自身は帝位《ていい》にあまり興味ないからこそ、エーメの人質《ひとじち》になるのを自分から申し出たんだよね）

イザークを神輿《みこし》に担《かつ》ごうとしているのは、近年台頭していた、エーメ王国に対し友好政策をとろうとする穏健派《おんけんは》。逆にラシッドは主にエーメ王国を敵対視する、いわゆる強硬《きょうこう》派《は》の筆頭らしい。

そして、ハイダラ帝国は数代に亘《わた》り、己《おのれ》の権力の妨《さまた》げとなる肉親を全員血祭りに上げて、最後に生き残った皇子が帝位を掌握《しょうあく》するという、「陰陽師《おんみょうじ》とか出てくる漫画《まんが》でよく見る蠱毒《こどく》ってやつです？」という物騒《ぶっそう》な継嗣《けいし》体制《たいせい》を敷《し》いているらしいのだ。何せ歴代、正妃《せいひ》を母親に持つ皇帝の兄弟《けいてい》が長生きできた例《ためし》は一人もないと。

——血を分けた兄弟《きょうだい》を殺して得た玉座《ぎょくざ》なんて、俺はごめんだね。

イザークはそんな言葉も吐《は》き捨《す》てるように漏《も》らしていた。

ゆえに彼は、不要な血を流すのを避《さ》けるためにエーメに自ら赴《おもむ》く決意をしたのだが、皮肉にもそのことが、対エーメ穏健派が彼を担ぎ出す一因になってしまったとも。

「……これ、訊いていいのかだけど。その、問題のお兄さんってどんな人なの？」

「名前はラシッド・カプラーン。知ってのとおり、俺の父親でもあるハールーン・アル・ハイダラ帝《てい》の第一皇子で……なんて言ったらいいかな。エーメに対して、『そこに国境があるのは仲が悪いから』を地で行く性分《しょうぶん》というか……。とにかく根っからエーメ王国が嫌《きら》いな奴だな」

「うええ」

「……あいつの母親である二妃《にひ》の出自、カプラーン家が、そもそも他文化全般《ぜんぱん》に排他的《はいたてき》なところでさ。ハイダラこそ全て！　他はゴミだ！　みたいな価値観を刷《す》り込《こ》まれて育ったってのも大きそうだけど。帝位とるのに邪魔《じゃま》だし何か見た目エーメっぽいしで、俺のことが嫌いなのもまあ納得《なっとく》ってところだ。まあ、あいつに限って言えば、俺たち含《ふく》めて九人いる他の弟妹《ていまい》との仲も軒並《のきな》み悪いんだけど」

そして、ラシッドの特徴《とくちょう》は、何よりも、権謀家《けんぼうか》で、あまり自分は表に出ずに人を操《あやつ》るすべに長《た》けていることだという。それは、前回のジョアン事件の時から確かにそんな感じだったな、と呉葉も顎《あご》を引く。

「ええと……あとは妻が正妃一人、女奴隷《どれい》三人……」

「クソ男じゃん！　あ、でもそれこそ文化の違いか。ごめん今の忘れて」

「って言っても残っている数で、何人か手討《てう》ちにしているから、また増減しそうだけど。子どもはなし。そういうわけで正妃との仲は冷え切って、女奴隷には恐《おそ》れられてる」

「やっぱり鬼畜《きちく》クソ男じゃん！」

「俺もそう思う。そんな鬼畜クソ男に、嫌味《いやみ》ないちゃもんをつけてこられてるのが現状だ。しかも身に覚えがないどころか、あっちのでっち上げで、だな」

「ど鬼畜腹黒クソ男じゃん!!」

控《ひか》えめに言ってドン引きだ。

（……ラシッドお兄さんが思ってたよりだいぶやばそうな人なのはわかった）

額を押さえつつ、呉葉は、今度は現状エーメ国内でどうなっているかを把握にかかる。

「そのラシッド……お兄さんは、今どういう難癖《なんくせ》つけてきてんの……？」

「お兄さん、はつけなくていいよ。……ここまで下衆《げす》な手を使われると、俺もあんまり兄貴だと思いたくないし」

「……うん。わかった」

「アイシャ姉上が毒にやられたのは、絶対にハイダラ皇族を狙ったエーメ側の陰謀だってさ。かなりこじつけで言いがかり的な抗議《こうぎ》を、繰《く》り返《かえ》し」

もちろん、普通に考えれば、国内で皇女《おうじょ》が実際に倒れた以上、エーメの責任は追及されてしかるべきである。――事件の黒幕が当のラシッドでさえなければ。

(マッチポンプで自分がひどいことやっといて、それを人のせいにした上にいけしゃあしゃあと糾弾《きゅうだん》してくるとか、ラシッドってやつはどんな分厚さの面《つら》の皮《かわ》してんの!? 防弾《ぼうだん》仕様《しよう》レベルじゃない!?)

おまけに、ハイダラ国主たるハールーン帝は、何を思ってか、この第一皇子の暴走を看《かん》過《か》しているという。

こうなると、逆にエーメ貴族内の対ハイダラ強硬派から「ハイダラはエーメを陥《おとし》いれて不当に名誉《めいよ》を傷つけた」と不満が噴《ふ》き出《だ》すようにもなり。

――現在、王宮内には緊張感《きんちょうかん》が満ち、ただならぬ剣呑《けんのん》な空気が流れるようになってしまった。

「あげくにラシッドのやつ、『エーメ王宮で起きたエーメの失態なのだから、エーメの要人を遣《つか》わして、ハイダラまで詫《わ》びを入れに来い』とかいう要求をしてきてる」

「え……」

「あとは、俺についても、か。『人質に出していたイザークを返せ。それから、使者には皇女が倒れた時の宴を主催《しゅさい》していた現女王の甥《おい》のテオバルト・メイベルを寄越《よこ》せ』ってさ」

「ええ⁉　そ、そんなの絶対ダメでしょ！」

険しい表情のイザークに、思わず呉葉も身を乗り出す。

（絶対罠《わな》に決まってる。のこのこ出向いたが最後、テオバルトお兄さんもイザークも、行った先か道中で絶対に殺される……！）

護衛に自分がつくとしても、罠を張《は》り巡《めぐ》らせた相手の陣地に踏み入るなど自滅に同じ。数で押されればひとたまりもない。

ジョアン・ドゥーエとの戦いでは、その亜空間《あくうかん》に自ら飛び込んだ呉葉だが、あれは「相手がこちらの力量と人数を知らない」からこそできた芸当だ。イザークが加勢することも、病弱な公爵令嬢のはずのクレハ・メイベルの中身が歴戦の武術家鳴鐘《なるかね》呉葉であることも、ジョアンは知らなかったのだから。

（ラシッドは当然、イザークが炎《ほのお》の魔術《まじゅつ》の優《すぐ》れた使い手だって承知してる。なんならテオバルトお兄さんの水魔術のことも。私が健康になってる上に格闘《かくとう》が得意だってとこまで

は知らないとしても、相手の懐《ふところ》に入《はい》るのは、今回は明らかに分《ぶ》が悪い）

——早い話、押し切られてしまったらこちらの負けだ。

この場合の負けは、文字通り「命がない」と同義である。

（生き残るためには、エーメから出ちゃいけない。それに誘《さそ》いに乗ったら、どんな要求を重ねてくるかもわかんないんだから）

その前提を認識《にんしき》した上で、嫌《いや》な予感に突《つ》き動《うご》かされるように、呉葉は確かめる。

「それについて、ベルナデッタ陛下は、なんて……？」

「突っぱねてくださってるよ。証拠もないのに応じられるかって」

（よ、よかった……）

どうやら、こちらが予想しているようなことは女王陛下ももちろん懸念《けねん》しているようで、無茶ぶりはされずにすみそうだ。

「……って。このまま終わればいいけど、そうはいかないだろうな」

ポツリと呟くイザークの言葉が不穏で、けれど否定できる材料もなく。

（どうなっちゃうんだろ、これは……）

重苦しい不安に、呉葉は口をつぐんだ。

果たして、状況がますます憂慮《ゆうりょ》すべき方向に転じたのは、——さらにそこからわずか二日後のことだった。

#6

故郷での生活を思い出すたび、イザーク・ナジェドは懐《なつ》かしさと息苦しさとが入り混じったような、複雑な郷愁《きょうしゅう》を抱《いだ》くことになる。

ハイダラは国土の大半が砂漠地帯《さばくちたい》であるが故《ゆえ》に、水を殊更《ことさら》に尊《たっと》ぶ風潮がある。皇宮《こうぐう》の庭園はやたら人工の泉と噴水《ふんすい》とで溢《あふ》れ、わざとらしいほどの緑が植えられていた。

けれど、乾《かわ》いた空気に曝《さら》される環境下《かんきょうか》では、湿潤《しつじゅん》な気候を好む木々は、すぐに枯《か》れていく。そんな、間もなく命が尽《つ》きようとしている、茶色く葉先の変色した羊歯《しだ》の木陰《こかげ》で。

『ごめんなさい。ごめんなさい。おゆるしください、イザークあにうえ』

地べたに膝《ひざ》をつき、自ら切り落とせと願うように首を差し出して泣く幼い弟の、柔《やわ》らかそうな頭髪《とうはつ》のつむじを。

それを見下ろしながら覚えた、口の中に広がるなんとも言えない苦味《にがみ》と、砂《すな》を噛《か》むようなやるせなさを——イザークは、今でも忘れられない。

現ハイダラ皇帝《こうてい》ハールーン・アル・ハイダラには、現在、正妃《せいひ》が三人おり、それぞれに一人ずつ子どもがいる。皇子《おうじ》が二人に、皇女《おうじょ》が一人。と言っても、子どもたちは全部で九人おり、他はみな女奴隷《どれい》を母に持つ。

イザークはそのうち、一妃《いちひ》の生んだ第二皇子として生を享《う》けた。

立場としては非常に危《あや》うく、ハイダラは商人の国として発展を遂《と》げてきただけあり、長子だからと皇位の継承《けいしょう》は優先されない。かつ、イザークの母親であるセイマ妃は、代々左大臣を務める名門ナジェド家を出自とする。

右大臣を歴任するカプラーン家から後宮入りした二妃《にひ》を母に持つ兄皇子ラシッドとの確執《かくしつ》は、本人たちが望むと望《のぞ》まざるとにかかわらず、長じるにつれ深まっていった。

ちなみに——ハイダラでは、絶対君主《ぜったいくんしゅ》の皇帝が全てを支配し、神々の代理人として振《ふ》る舞《ま》う習い。そこに生まれた以上、この国で生き延びるために、選べる道は二つだけ。

隷属《れいぞく》するか、させるかである。

幼い頃《ころ》は、ナジェド家の庇護《ひご》もあり、後宮の中でも特に広い一妃用の区画の中で、なんら不自由を覚えることもなく育った。

一般的《いっぱん》なハイダラ人と違《ちが》い、かつて入った西の血の先祖返りで肌色《はだいろ》は白かったが、隣《となり》に区画を持つ姉のアイシャや、一緒《いっしょ》に遊んだり勉強を教えてやったりしている他の弟妹《ていまい》たちと過ごす中では、別段奇異《きい》の目を向けられることもなく。

四角く切られた建物を、青や赤で花鳥や幾何学模様《きかがくもよう》を描《えが》いた色とりどりのタイルで飾《かざ》る、美しい箱庭のようなハレムが、幼少期のイザークにとって世界の全てだった。だが、それはそれなりに、充実《じゅうじつ》した生活を送っていたものである。

政治の場である外廷《がいてい》と、私的生活の場である内廷《ないてい》の行き来をするばかりで、父ハールーンが妃や子どもたちの暮らす後宮に姿を現すことは滅多《めった》になかった。そして、父と同じくらい、兄である第一皇子ラシッドも、イザークには遠い存在だった。

他のきょうだいたちと違い、そもそも言葉を親しく交《か》わし合《あ》う機会が少ない。時折、広い後宮の中庭で弟たちを構っている時に、名門カプラーンの威光《いこう》に擦《す》り寄《よ》る廷臣《ていしん》に囲まれて歩く姿を遠目に眺《なが》めたくらいだ。

イザークと違い、肌色は日に焼けたように浅黒く、癖《くせ》のない漆黒《しっこく》の髪《かみ》を長く伸《の》ばして背に流し、媚《こ》びへつらう様子の廷臣たちをぞろぞろと従えつつ。賛辞という名の世辞をまんざらでもない顔で受け取るラシッドは、傍目《はため》に見ても、自分が次期皇帝となることを疑ってもいない様子だった。

彼らの姿を目にするたびに、イザークは内心しみじみ感じたものだ。

（……気味が悪いな）

引き立ててもらおうと揉《も》み手で群がる廷臣たちのおべっかも、当たり前のように満足げに頷《うなず》く兄も。

権力に固執《こしつ》する様は醜悪《しゅうあく》で、「ああはなりたくはないな」と幼心に感じたものである。

そんなラシッドと、ごく稀《まれ》に、直《じか》に顔を合わせる機会があったとすれば。それは父であるハールーンの御前《ごぜん》で、武芸や学問の習熟度を競《きそ》い合《あ》い、披露《ひろう》する場でのことだ。

参加者は、兄と自分の二人だけ。最初の試合は、イザークが九歳の時だっただろうか。

と言っても、――全部で数えるほどの回数である。

たしか一度目は、馬に乗っての弓射《きゅうしゃ》の腕比《うでくら》べだった。

兄としての面子《メンツ》で、先手がラシッド、後手がイザーク。的に当たったラシッドの矢は、十本中の六本。それも、かろうじてぎりぎり的の内側に収まるものが大半。比してイザークの矢は十本全て命中し、なおかつ的の正中《せいちゅう》近くを射たものが六本だった。

二度目は剣術《けんじゅつ》。息を切らせるまでもなくイザークが、練習用に刃《やいば》を潰《つぶ》した月刀《シャムシール》の切っ先を、膝をついたラシッドの眼前に突《つ》きつけた。

三度目は神々に捧《ささ》げる頌詩《しょうし》の暗唱である。両者に同じ教えを授《さず》ける師が誉《ほ》めたのは、イザークの詩吟《しぎん》だけだった。

『もう良《い》い、よくわかった』

父ハールーンは、結果を見てそれだけ言った。そして、そこから父は、イザークとラシッドが勝負する御前試合《ごぜんじあい》を、ふっつりとやめてしまった。

それは構わない。しかし、三度目の御前試合のあと、ラシッドがこちらを睨《にら》みつけて吐《は》き捨《す》てた台詞《せりふ》が忘れられない。

『呪《のろ》われてしまえ。いい気になるなよ、異国の血を引く白塗《しろぬ》りの魔物《まもの》ごときが』

兄の金色の瞳《ひとみ》には、憎々《にくにく》しげな光が鈍《にぶ》く宿っており。特になんの腹もなく全ての競技を淡々とこなしていたイザークは、そこでやっと、兄が自分に対して抱く並々ならぬ敵愾心《てきがいしん》を知ったのである。

――自分を身ごもった当時の母や、女児と公表する前のアイシャの母に、たびたび毒が盛《も》られていた事実を知ったのもこの頃《ころ》だ。下手人《げしゅにん》は見つかるたびに自害し、黒幕《くろまく》は未《いま》だにわかっていない。だが、カプラーン家の手が回っていることは、誰《だれ》もが口にはしないだけで知っていた。

イザークが、歴代皇帝が持つ炎属性《ほのおぞくせい》の強い魔力《まりょく》を有していると判明した時も、暗闘反目《あんとうはんもく》があったらしい。詳細《しょうさい》は知らされていないが、その時のことを尋《たず》ねると、母も宮女たちも、一様に複雑な顔をしたものだ。

『恐《おそ》れ入《い》ります。イザーク殿下《でんか》の鷲《わし》が……』

可愛《かわい》がっていた狩猟用《しゅりょうよう》の大鷲《おおわし》が、鳥舎の中で殺されるたのは、それから間もなくのこだった。黒々した羽ぶりが立派な、雛鳥《ひなどり》の頃から手ずから育ててきた、よく懐いている一羽《わ》とだ。

立て続けに、アイシャたちと飼っていた愛犬が、泡《あわ》を吹《ふ》いて死んだ。死体を調べた者の話では、毒餌《どくえ》を食わされた疑いが高いという。

（ラシッド兄上の仕業だ）

いずれの件でも犯人はわからずじまいだったが、イザークには確信があった。

『兄上。俺に言いたいことがあるなら、直接はっきりとおっしゃったらどうですか』

悲しむ姉や弟妹たちと一緒に、愛犬の骸《むくろ》を埋葬《まいそう》したのち。その足で、イザークはラシッドの元に向かった。

己《おのれ》の母妃のハレムで、絨毯《じゅうたん》に悠々《ゆうゆう》と胡座《あぐら》をかいたまま弟を迎《むか》えたラシッドは、その言に、太い眉《まゆ》を片方上げてみせる。

『は？　なんの話だ？』

『とぼけないでください。俺の鷲や犬を殺したのは兄上でしょう。俺が気に入らないなら俺に言えばいいんです。声も出せないものに手出しして、憂《う》さを晴らすような卑怯《ひきょう》な真似《ま》《ね》はやめてください』

『なぜそれがこの私の仕業になる？　証拠《しょうこ》は？』

兄は狼狽《うろた》えもせず、当然のように問うてくる。イザークは拳《こぶし》を握《にぎ》りしめた。

『証拠は……ありません。ですが、他に動機を持つ者もおりません』

『ははは！　動機な。動機だけ、となぁ。それではお前は、なんの証《あかし》もないくせに、この兄に疑いをかけてきたというわけか。……愚《おろ》か者《もの》が。恥《はじ》を知れ』

ラシッドは、不意に傍《そば》のガラス盃《はい》を手に持つと、なんの予告もなく中身をイザークに向けぶちまける。

『！』

バシャ、と水音と共に、冷たい飛沫《ひまつ》が顔を濡《ぬ》らした。香料《こうりょう》に含《ふく》まれていたらしい、濃《こ》い柑橘系《かんきつけい》のにおいが鼻をつく。

『そんな痴《し》れ者《もの》の弟に、親切な兄が一つ教えておいてやろう。……この国ではな、手に入れるべき者が全てを手中にし、それ以外の者は全てを失うのだよ』

その真理が分からん者には、ただ死が待ち受けるのみだ。

兄はそれだけ言うと、従者たちに命じ、部屋から無理矢理にイザークを追い出した。

『鷲と犬を殺した犯人が見つかればいいな。そういう不届きな卑怯者には、ぜひ厳罰《げんばつ》を科してやるがいい』

いけしゃあしゃあと愉快《ゆかい》そうに言い放たれた捨《す》て台詞《ぜりふ》に、イザークは唇《くちびる》を噛んだ。

――傷つけられるのが鷲や犬どころではない事態が起きたのは、そこからさらに数日後のことだった。

弟妹たちと一緒にとることにした朝食の席で、イザークの飲み物に毒が盛られたのだ。

判明の決め手となったのは、黒く変色した銀のカップ。

しかし、毒を入れた犯人が問題だった。

『ごめんなさい、ごめんなさい。……おゆるしください、イザークあにうえ』

震《ふる》える手で毒入りの茶を差し出してきたのは、イザークと特に仲の良かった異母弟《いぼてい》の一人だったのだ。カップを載せた盆をこちらに運んでくる時、あまりに様子がおかしいので理由を訊《き》いたら、途端《とたん》にその場で取り落とした。食器が床《ゆか》に転がり、ガシャン、とけたたましい音が鳴る。

『オルハン、お前、なんでこんなこと』

『ごめんなさい。いえないんです。ゆるしてください……』

真っ赤に腫《は》らした目を擦り、泣きじゃくりながら謝る幼い弟を呆然《ぼうぜん》と見つめながら、イザークは兄皇子の言葉を思い出していた。

――鷲と犬を殺した犯人が見つかればいいな。そういう不届きな卑怯者には、ぜひ厳罰を科してやるがいい。

(もしかして、鷲や犬も……)

『お前にこんなことを強《し》いたのは、ラシッド兄上か?』

その台詞に、弟はびくりと肩《かた》を揺《ゆ》らしたのち、真っ青な顔でブルブルと首を振る。

『ちがいます。いえません。ゆるしてください』

『……ッ』

あとはもう、弟はひたすら涙《なみだ》ながらに地に這《は》いつくばるばかりだ。

姉のアイシャは、将来的に利用価値が高いので見逃《みのが》されたのだろう。弟たちは、女奴隷を母に持ち、皇位継承権も低い。呼びつけられて「イザークの側につくのか、自分に服従するか選べ」と脅迫《きょうはく》されたのは明らかだ。

その場に居合わせたきょうだいや侍女《じじょ》たちに厳重に口止めをし、イザークは弟の罪を不問にした。どうにかして毒の出どころを暴《あば》こうとしているうちに、――立て続けに、今度は別の弟妹から、まったく同じ状況《じょうきょう》で毒を盛られる事件が発生したのである。

そういうことが、幾度もあった。

『ごめんなさい、ちがうんです』

『ぼくのことは処罰《しょばつ》していいので、しらべないでください』

『わたしだけがわるいんです』

せいぜい六つやそこらの子が、口を揃《そろ》えて同じことを言い、震えながら這いつくばるのだ。それも、昨日まですこぶる仲が良く、剣術や勉強を教えてやった者ばかりが。――これには参った。

かく言うイザークも当時、彼らと大差ない年齢《ねんれい》だった。

（このままじゃキリがない）

悩《なや》んだ末にイザークがやったのは、秘密裏《ひみつり》に己の情報網《じょうほうもう》を整えることだ。一連の件で、後ろで糸を引いているのがラシッドなのは明白である。これ以上、弟妹たちに累《るい》が及《およ》ばないようにしなければ。振る舞いには細心の注意を払《はら》う必要があった。

そこから三年かけて、収集役の『目《ディーダン》』と伝達役の『耳《シェニダン》』とを張《は》り巡《めぐ》らせつつ、ラシッドと水面下で丁々発止《ちょうちょうはっし》の命のやりとりをする日々が続いた。

イザークが出した結論は単純だった。

——己が国内に留《とど》まっている限り、ラシッドはあらゆる手を使ってこちらを排除《はいじょ》しにかかるだろう。たとえそれが、どんなに卑劣《ひれつ》で人道《じんどう》に悖《もと》る行いであったとしても。

実際、長兄《ちょうけい》が幼い弟妹にイザークを暗殺させようとした手口は、いずれも周りの親しい者の命を質にとり、「どんな血の色をしていたらそんなことができる？」と顔を覆《おお》いたくなる脅迫だった。

（国を出よう。……そんなに皇帝になりたきゃ譲《ゆず》ってやるよ。一生、薄汚《うすよご》れた玉座《ぎょくざ》に固執《こしつ》してろ）

十三歳の時に降って湧《わ》いた、長年の敵対国だったエーメへの遊学の話は、だから、イザークにとってはまさに渡《わた》りに船《ふね》だったのだ。異国、それも内政干渉《ないせいかんしょう》のしにくいところに行って、そこで一定の地位を築けば、祖国と可能な限り縁《えん》が切れる。

『イザークが自分で選んだ道にケチをつけたいわけじゃないの。でも、なんだか……あなたばかりが損をしている気がするわ』

エーメへの出立の日、ひっそりと宮を去るイザークを見送ってくれたのは、己の家族とアイシャ皇女だった。アイシャはイザークの顔に華奢《きゃしゃ》な手を添《そ》え、長いまつ毛を伏《ふ》せてため息をついたものだ。

『あたくしも弟たち妹たちも、本心ではみんなあなたの味方なのよ。表立ってそれを言えないのが心苦しい。……忘れないでね』

わかっています、とイザークは顎《あご》を引いた。

（ここでは、誰もが自分の命を守ることだけで、精《せい》いっぱいなことも）

――わかっているからこそ。毒を盛った弟妹たちのことも、こちらの身を案じて気を揉《も》みつつも手をこまねいたままだった姉のことも、誰一人として責められない。

ふと顔を上げて、イザークは、己が立ち去ろうとしている場所を眺めやった。

極彩色《ごくさいしき》で目に痛いほどのを用いた華やかなタイルに覆われ、細緻《さいち》な飾り柱を回廊《かいろう》に配し、明るく開放的に造られたハイダラ皇宮の景色。見慣れたそこには、いつでも埃《ほこり》っぽく砂を含んだ風が吹いている。

いくら噴水や泉で潤《うるお》いを装《よそお》うとも、結局その本質は、あくまで無機質で乾ききっているのだと、示すかのように。

（俺がもし、ラシッド兄上みたいだったら……）

ハイダラ皇統の血脈は、同じ父から生まれた兄弟を皆殺《みなごろ》しにしてつながれたもの。連綿と続いてきたその掟《おきて》を受《う》け容《い》れ、この砂色の空気に、なんの抵抗《ていこう》もなく馴染《なじ》めていたら。

余計な憐憫《れんびん》の情、ましてや罪悪感など持ち合わせずにすんでいたら。もう少し、気楽に生きられたのだろうか……。

「ねえイザーク、……ちょっとイザーク？」

肩にトントンと軽い衝撃《しょうげき》を覚え、イザークはふっと意識を浮上《ふじょう》させた。

すぐ目の前に、心配そうな色を乗せた淡紫《たんし》の瞳がある。白い小作りな顔立ちは、よくよく見慣れたもの。

「……クレハ？」

「いい加減、こんな寝方《ねかた》してると風邪《かぜ》ひいちゃうよ。疲《つか》れてるのはわかるけど……」

彼女のその一言で、自分が、両腕《りょううで》を枕《まくら》にするように書き物机に突っ伏《ぶ》していたことに気づき、本格的に脳が覚醒《かくせい》する。イザークは慌《あわ》てて身を起こした。まだ、もやがかかったように頭がぼうっとしている。

（壁《かべ》も天井《てんじょう》もタイル張りじゃない。……当たり前か。紅玉髄宮《べにぎょくずいきゅう》の貴賓室《きひんしつ》だもんな）

なぜ彼女がここにいるのだろう。メイベル邸《てい》ではなくて。――そんなごく当たり前の疑問より先に、遠慮《えんりょ》なく気の抜《ぬ》ける相手がすぐそばにいることに、ひどく安堵《あんど》した。嫌《いや》な夢を見たせいかもしれない。

（そうか、夢……ってことは）

「あー……寝てたのか、俺」

「うん。いつからかは分からないけど、私が来た時には熟睡《じゅくすい》だったよ。……起こしちゃってごめん。このまま寝かせておこうか迷ったんだけど、ちゃんと横にならないと逆に疲れが取れないかと思って」

顎を引く呉葉《くれは》は、小さな口をきゅっと結んで不満そうな顔をした。見るからに「もしかしなくてもしばらくまともに寝てなかったんじゃない？」と問いたげなその様子に、イザークは苦笑《くしょう》した。図星である。

身を起こすと同時に、肩からぱさりと何かが落ちる気配で、室内にあった毛布を肩にかけてもらっていたことに気づく。誰がしてくれたかは明白だ。礼を言って拾い上げつつ、イザークは目を細めた。

（それにしても）

広く切られた窓からは、カーテン越しに陽光が差し込んできていた。明るい時間帯ではあるようだが、やはり、呉葉が単身でこの王宮にいるのが不思議だった。

「ひょっとしてクレハ一人か？　テオは……」

「テオバルトお兄さんはお仕事中。無理に頼《たの》んで連れてきてもらったの。ずっと『イザークがかなり疲れてるようで、見てられない』って心配してたから」

疲れている、の言葉に、イザークは「確かに」と眉根《まゆね》を寄せる。

（いくら心安いクレハ相手だからって、室内に入ってこられて、毛布までかけられて目も覚まさないなんて）

もちろん、室外には専属の護衛士が立って守っているからと言えばそうなのだが。故郷であれば命取りになる失態に、我ながらずいぶん気が緩《ゆる》んでいたものだな、とイザークは内心渋《しぶ》い顔になった。

思えば、ハイダラでの昔のことを夢に見るのも久しぶりだ。テオバルトや呉葉に出会ってからは、特に思い出さずにいられたのに。

複雑な心境のイザークを、呉葉は心配そうに眺めている。

「大丈夫《だいじょうぶ》？　お見舞《みま》いに、メイベル家お抱《かか》えの料理人さんにお願いして、疲れが取れるっていうお茶とか、色々と差し入れ持ってきたよ。あと、頭にズガンと即効性《そっこうせい》重視ならやっぱり糖分でしょ！　って思って、胡桃《くるみ》と蜂蜜《はちみつ》入りのケーキとか、塩レモンのクッキーとか焼いてもらってきたから。食べられそう？」

こんなものをイザークに渡すなんて、いつもと立場が逆だねえ、と。

細い眉を困ったように下げて笑いつつ、呉葉は手に持っていた籠《かご》を差し出してきた。

「ついでに私もお相伴《しょうばん》にあずかろうと思って」

呉葉の視線は、しっかり手元に向けられている。素直《すなお》すぎるというか隠《かく》す気がないというか。相手の中身は自分より九歳も上なのだと頭で把握《はあく》してはいるのだが、裏表がなさすぎて、妙《みょう》に微笑《ほほえ》ましい気持ちになってしまう。

（クレハの顔見ると、……やっぱ効《き》くな。ちょっと、楽になったかも）

――昔の夢を見ていたせいだろうか。少しの警戒《けいかい》もなく渡されたものを受け取れる相手と、それが許される状況が、なんだか妙に胸に沁《し》みた。

籠に被《かぶ》せられている木綿布《もめんふ》を取ると、中からふわりと甘い香りが立ち上る。

木の実が練り込まれたケーキのきつね色や、粉糖《ふんとう》を振られたころりと丸く白いクッキーなどがぎっしり詰《つ》められていて、イザークは苦笑する。たいてい似たようなものを自分が見舞いに持っていく側なので、言われてみればいつもと逆だ。

「ところで、アイシャお姉さんの様子は……相変わらず？　お医者さんはなんて？」

呉葉の視線が、自分の背後にも注がれていることに気づき、「ああ」と納得《なっとく》する。

「……なんていうか。あんまり良くはない状況だな」

後ろの寝台《しんだい》に横たわっているのは、未だに目覚めない姉である。舞踏会《ぶとうかい》のあの日に毒で倒《たお》れたまま、彼女は、人形のようにぴくりとも動かない。掛《か》け布《ぬの》のうちでわずかに上下している胸が、とりあえず生きていることを示すのみだ。

体内にあった毒は、水魔法《みずまほう》に長《た》けるテオバルトの処置もあり、全て排出《はいしゅつ》されたはずであった。それでも、こんこんと眠《ねむ》り続《つづ》けるアイシャを診察《しんさつ》した宮廷医《きゅうていい》は、難しい顔をして言った。

『毒性が魔力で増幅《ぞうふく》されていたようですから……ひょっとすると、完全に回復するには、かけられた魔法《まほう》をも残らず解《と》かなければいけないかもしれません』

医師の言葉をそのまま伝えると、案の定、呉葉は眉を顰《ひそ》めた。

「……解毒《げどく》できるまでお姉さんは、まさか、ずっと眠ったまま？」

「そうなるな」

言わずもがなの嫌な展開である。

今のアイシャは、医官たちが治癒《ちゆ》に関わる魔力を使って、辛《かろ》うじて命を保っている状態。考えたくはないが、このまま水分や栄養がとれずにいれば、結末は知れている。

(ここまでやるか)

本来のクレハが殺され、テオバルトも同じ毒牙《どくが》にかかりかけた一連の事件で、ラシッドがまた要《い》らぬちょっかいをかけてくるのは予想できたはずなのだ。青白い顔色で瞼《まぶた》を閉ざす姉の顔を見るたび、守りきれなかった罪悪感と、兄への怒《いか》りで胸のうちが暗く澱《よど》む。

──どれだけ帝位《ていい》が欲《ほ》しいんだか。

「イザーク、ひょっとして嫌な夢でも見てた？　起きてからずっと、顔色悪いし」

病人の前で話し込むのも気が引けて、続き間へ移動しつつ。深緑の眼《め》に落ちた不穏《ふおん》な翳《かげ》りを察したものか、イザークの顔を見据《みす》えつつ呉葉が尋ねてくる。

「……ああ、まあ。嫌な中身ではあった……かな。ちょっと、昔の夢を見てた」

「昔って、ハイダラ帝国《ていこく》での？」

「そう」

起き抜けでぼんやりしているせいかもしれないし、この相手の前でなら遠慮なく楽にしていいと無意識に判断したせいかもしれない。

──正直言ってイザークは、呉葉にハイダラでの話をするのは好きではない。異世界育ちの彼女は、信念も倫理観《りんりかん》も判断基準も何もかもが独特で、おまけにそのどれもがひどく眩《まぶ》しかった。

ハイダラでの過去は、言葉にしてしまうと、その都度《つど》に彼女と自分との差異を突きつけられているようで、どうにも息苦しくなる。呉葉もその機微《きび》を察してくれているらしく、自ら進んでイザークに出自にまつわる何かを尋ねることはほとんどない。今も、「あ、話しにくければ無理に内容は言わなくていいよ」と片手を上げて制そうとした。

「いや……いいんだ。実は……」

しかし今回は、イザークはなんの逡巡《しゅんじゅん》も躊躇《ちゅうちょ》もなく、口火を切っていた。

いつもと違う反応に、少し呉葉も驚《おどろ》いたようだ。スミレ色の目をわずかに瞠《みは》ったものの、特になんの言葉も挟《はさ》まず、黙《だま》って耳を傾《かたむ》けてくれた。

――やがて、すっかり話を終えてしまうと。

険しい顔で口元に手をやって聞き入っていた呉葉は、しばらく床に視線を投げていた。

「……うーん。イザークほんとに大変だったんだ、とか簡単に言うのも憚《はばか》られるくらい、海外版リアル後宮ドラマ壮絶《そうぜつ》すぎるなっていうのは、わきに置いといて……」

なお、「りある」も「どらま」も知らない言葉だ。異世界から来た呉葉は、時々こういう謎《なぞ》の用語を発する。

それから呉葉から出てきたのは、イザークにとっては意外な感想だった。

「なるほど。ラシッドは、イザークのことが妬《ねた》ましくてしょうがないんだね」

「え？」

……妬ましい？

考えてもみなかった言葉に、イザークはポカンとする。

「そりゃあ、あいつには俺が邪魔《じゃま》だろうし、よっぽど俺が疎《うと》ましいだろうけど。別に妬ましくは思っていないんじゃないか？　……むしろ見下してはいそうではあったけどな。俺のこと、よく白塗りの悪魔《あくま》とか言ってたし」

「いや白塗りって。カブキ役者《やくしゃ》の化粧《けしょう》じゃないんだから……ってのはさておき。えーと。……イザークから見たラシッドの自分に対する印象って、『帝位が欲しいんだな』『あと家の影響《えいきょう》でエーメも嫌《きら》いなんだな』『で、帝位とるのに邪魔だし何か見た目エーメっぽいしで俺が嫌いなんだな、オーケーオーケー』みたいな感じの理解で合ってる？」

「カブ……桶《おけ》？　いやまあ、そうかなというか、……実際そうだろ」

「それはそれで間違《まちが》いではないだろうけど、やっぱりそれだけじゃないと思うよ」

きっとイザークが、自分にできないことができて、持っていないものをたくさん持っているから、ラシッドには余計に目障《めざわ》りなんだろうね、と。呉葉はそう続ける。

「無自覚の嫉妬《しっと》にしてもやりくちが卑怯だし、イザークしんどかったろうなって」

「……」

「って、ごめん。軽率《けいそつ》な感想だったかも」

麦穂色《むぎほいろ》の髪を揺らして即座《そくざ》にガバッと頭を下げる呉葉に、「いや全然」と手を振りつつ、イザークは彼女の言葉を反芻《はんすう》する。

（……嫉妬。嫉妬か）

相変わらず、呉葉はいつも、思いがけない視点をもたらしてくれる。

不思議な心地《ここち》で、イザークは、どこまでも真っ直ぐ曇《くも》りなくこちらを捉《とら》える薄紫《うすむらさき》の双眸《そうぼう》を見つめた。

さて。——昔話、というほどでもないが、とりあえずクレハ・メイベルとして転生する前。呉葉の勤めていた会社は、そこそこ大きかった。

企業《きぎょう》規模に応じて、もちろん社員数もなかなかのものになり、必然的に「世の中いろんな人がいるよな」という社内トラブルが発生することもある。他でもない呉葉にも、ちょっと忘れがたく後味の悪い一件に巻き込まれた経験があるのだ。——直接に自分絡《がら》みでなかったのは不幸中の幸いではあるのだが。

同じ部署に、フロア全体で有名になるくらい美人な、新入社員の女の子がいた。気立てもよくて仕事もできて、いつでもニコニコしていたので、呉葉を含め他の社員たちには軒《のき》並《な》み評判が良かった。

しかし、諸々《もろもろ》の実績を買われて、呉葉も関わるとある大きめのプロジェクトのメンバーに抜擢《ばってき》されて以降、彼女には曇り顔が増えた。オフィスに入る時にやたらとビクビク周囲を気にしたり、同期たちと食べていたはずのランチタイムを一人で過ごしていたり。

大丈夫かな、と気になった呉葉が彼女に声をかけるのと、その担当事務に奇妙《きみょう》なミスが頻発《ひんぱつ》するようになったのは、ほぼ同時だった。それも、およそ彼女のしそうにない凡《ぼん》ミスばかり。不自然に感じた呉葉があれこれと経緯《けいい》を調べてみたところ、どうも同じ部署内にいる彼女の同期数名が、わざと共用ファイルをいじってはミスを演出していたことが判明した。早い話が陰湿《いんしつ》な社内いじめである。おまけに立派に業務妨害《ぎょうむぼうがい》だ。看過《かんか》できない。

本人とも上司とも相談し、よくよく事態を見極《みきわ》めた上で、呉葉はいじめをしていた女子社員たちを呼び出した。最初は事がバレて蒼白《そうはく》になっていた彼女たちだが、呉葉から「なんでこんなことしたの？」と呆《あき》れまじりに問われた瞬間《しゅんかん》、主犯の一人が顔を歪《ゆが》ませて叫《さけ》んだのだ。

『だってズルいじゃないですか！　あの子ばっかり。美人で可愛《かわい》がられて、あんな大きな企画《きかく》にまで！』

『念のため言っとくと、あの子がプロジェクトに採用されたのはあくまで実力で、顔は関係ないよ』

『知ってます。でも恵《めぐ》まれすぎです』

そこから話は平行線だった。人にはそれぞれ強みがあるんだからとか、それで彼女に当たってもしょうがないとか、そういう道理《どうり》は一切《いっさい》通じなかった。しばらくして、三人ほどいたその同期の女の子たちは、会社を去るか、不自然な時期に異動していったものだ。

――今思い出しても、苦いものが口に広がる。

（あのプロジェクトは人数制限があるものじゃなかったし、別にその子が抜けたところで、空《あ》いた枠《わく》にあなたたちが入れるわけじゃないんだよって言ったら、『そんなことわかってます！』って泣きながら逆ギレされたっけ……うーん）

イザークからラシッドにまつわる話をあれこれと聞いているうちに、呉葉はどうにもその記憶《きおく》が甦《よみがえ》ってきたのだ。

（まあ、みんなの前で実力の差を晒《さら》させて恥をかかせた父親も悪質だなと思うけど……。イザークの魔法が炎属性なのも、勉強も武術もみんな出来がいいのも、ラシッドにとっては本当に許せなかったんだろうなあって）

そういえば、あの美人な後輩《こうはい》も、向けられる嫉妬には無自覚だった。妬まれる側は、意外に悪意の誘因《ゆういん》には気づいていないものなのだ。その点はイザークも同じらしい。

「なんかさあ……羨《うらや》ましくてやっかみが止まらなくて、そこから一歩も動けなくなっちゃう人っているんだよねえ。自分じゃどう頑張《がんば》ってもそこに到達《とうたつ》できないから、逆にイザークの足を引っ張って、どうにか引きずり下ろしたいって感じがする」

うんうんと頷《うなず》く呉葉の話は、イザークには意外なものだったようで、ポカンとしていたが。しばらくしてから「そうなのか……」と気が抜けたように呟《つぶや》いた。

「……なんかクレハの視点って新しいよな。色々」

「そうかなあ。この話をしたなら、私だけじゃなくてテオバルトお兄さんも同じ感想持ちそうな気がするけど。……あ、テオバルトお兄さんといえば。ハイダラから無理難題《むりなんだい》突きつけられてるあの件、どうなってる？」

――人質《ひとじち》に出していたイザークを返せ。それから、姫《ひめ》が倒れた時の宴《うたげ》を主催《しゅさい》していた、現女王の甥《おい》のテオバルト・メイベルを使者に寄越《よこ》せ。

ラシッドが率いる一派の主張は、到底《とうてい》受け入れられるものではない。前の話では、ベルナデッタ陛下はきちんと拒絶《きょぜつ》してくれていたはずだ。

しかし、朝方に見た兄の焦《あせ》った様子や、このイザークの疲弊《ひへい》ぶりを見ていると、どうにも嫌な予感がした。

果たして、こういう場合の予感というものは、セオリーのごとく当たるものである。

「ベルナデッタ陛下も、最初は〝そんなことできるか〟って、突っぱねてたんだけど。……あのかたは、エーメ中枢《ちゅうすう》でも、ご夫君だった前陛下の対ハイダラ善隣政策《ぜんりんせいさく》を引《ひ》き継《つ》いでいらっしゃるから」

――ハイダラへの悪感情で次第《しだい》に険呑《けんのん》な空気が満ち始めた王宮内の混乱を憂《うれ》えたベルナデッタは、よりによって、「それで事態が沈静化《ちんせいか》するなら」とテオバルトやイザークの派《は》遣《けん》を検討し始めているという。

「ハイダラ国内に使節団を送るか、国境での会談に落ち着くかはまだわからない。けど、話し合いの場を持つにしても、どのみちそれなりの格がある貴族が派遣されることになる。陛下の甥で、今回の宴の筆頭歓待役《ひっとうかんたいやく》でもあったメイベル公爵《こうしゃく》であるテオと、仲立ちとして俺が駆《か》り出《だ》される見込みは相当高い」

「……」

イザークの答えに、呉葉は思わず額を押さえた。

「でも、応じればイザークやテオバルトお兄さんが殺されるかもしれないのに」

「……と言っても、俺たちにも強く断れない理由があるんだよ。姉上がやられた毒には、魔力が込められてるって言っただろ」

「うん。魔力ってことは、砒素《ひそ》に魔法をかけた奴《やつ》がいるってことだよね。イザークには、そういうことができそうな心当たりって、ある？」

「まあ、あるっていうか……砒素は鉱物からの毒だからな。ちょうど当のラシッドが、土属性魔術の使い手だ。そんなに魔力自体は強くないけど、そういう細かい芸当は得意だったはず」

「え……」

思わず呉葉は顔をしかめた。

「……ってことは、もし毒がラシッドのお手製だとすると。呪いを解かせるには、ラシッド本人をどうにか動かさないといけないってこと？」

「まあ、そうだ」

イザークは首を振った。

「土属性がどうのっていうの、エーメにだって優秀《ゆうしゅう》な魔術の使い手がいるんでしょ。こっちでどうにかできないのかな」

「どうも仕込まれた術式が独特らしくて、エーメ王宮お抱《かか》えの土属性魔術師の解読が思うように捗《はかど》ってない。このまま解毒しきれずに昏睡《こんすい》したままだと、姉上は確実に衰弱《すいじゃく》して死ぬ」

毒は抜けても呪いの残滓《ざんし》が体を刻一刻と蝕《むしば》んでいるという話だ。魔力で生命を維持《いじ》させてはいるが、正直、あとどれくらい持つかもわからない。

「姉上を助けるためには、あいつに直接会って毒の中和方法を聞き出すしかない。けど、あいつがエーメに来るわけがないから……」

「……イザークたちが要求に応じるしかないってことなんだね」

つくづく、「どうしてそんないやらしい手を思いつくのか」としか言いようがない。

（まあ、本物のクレハちゃんが暗殺されたことからしてそうなんだけど！）

どうにもむかっ腹が立ってしょうがない。

断じてのこのこと殺されに出向くわけにもいかないので、言うとおりにはできないが、かといって解決策があるでもない。

(万策尽《ばんさく》きた⁉　あ、でもちょっと待って)

「そうだイザーク。お父さんのハールーン陛下……だっけ？　は、たしか今のところ対エーメ穏健派《おんけんは》寄りなんだよね。だからアイシャお姉さんを派遣してきたりってことだったし。力を借りられないかな」

「親父《おやじ》から圧力をかける、か……いや、どうだろうな、それは」

「？」

イザーク曰《いわ》く。

「あの人がラシッドの暴走を野放しにしているのは、次期帝位を継ぐ人間として、あいつの方に肩入《かたい》れする気になったから、かもしれない。というか、まあ……そうだろうなと」

「ええ……だって、今まさに自分の娘の命が危ないんだよ⁉」

「いや。それを言うなら、『エーメに行かせるとなれば、ラシッドのやつが姉上にちょっかいを出すに決まっている』って、親父が予想してないわけないからな。あの人のことだから、何が起きるのか大体目星をつけた上で、あえて姉上を寄越した可能性もある」

「そんなことする⁉」

「クレハには信じられないかもしれないけど。あの人はそういう人で、あそこはそういう国なんだ」

「！　……イザーク」

突《つ》き放《はな》すような口調で言い切ると、深く息を吐き出したイザークに。呉葉は何も言えなくなる。

呉葉が黙り込んだことで、イザークも気まずくなったらしく、苦りきった顔で「ごめん」と俯《うつむ》いた。

「姉上を助けるためにせよ、両国間の関係を取り持つためにせよ、動く理由が俺たちの側にしかないんだ。ラシッドはただ、俺たちがじたばたするのを笑って眺めていればいいんだから」

（そんな……！）

強く唇を噛む呉葉から、イザークが視線を逸《そ》らした時だ。

「お困りのようだな！」

ばぁん、と勢いよく続き間の扉《とびら》が開く。

極限まで酷使《こくし》された蝶番《ちょうつがい》の悲鳴を無視するように踏《ふ》み込《こ》んできたその人物に、呉葉はイザークと共に目を丸くした。

「テオお兄さま⁉」

いつからそこに。

口をぱくぱくさせる呉葉ににこりと微笑むと、テオバルトは片眼鏡《モノクル》を眼窩《がんか》に押し込むお決まりの仕草とともに、「具体的な話は何も聞いていないが、このお兄さまの慧眼《けいがん》の前にあっては、だいたい何を話していたかくらいの当たりはつくものだ。ラシッド殿下の一件だろう?」と自信満々に宣言する。

(え、本当にすごいお兄さん。図星なんですが)

素直に感心する呉葉は、その後ろで呆《あき》れ返《かえ》った顔をしたイザークが「テオ……また水魔術で盗《ぬす》み聞《ぎ》きしてやがったな」と声に出さずに口だけ動かしたことに気づかない。ついでに、テオバルトはツッコミを当然のように黙殺《もくさつ》している。

そして、彼の提案は実に単純なものだった。

「アイシャ殿下を助けるためにはラシッド殿下に会わねばならんが、僕たちの方から乗り込むのは危険すぎる。……とすればだ。向こうをこちらに呼び出せば万事解決だな」

「いや、あのなテオ」

片手を「待った」の形に上げて制しつつ、イザークがため息《い》をつく。

「俺たちは、それができないから行き詰《づ》まってるんだって。呼び出せばいいって、どうやってだよ! あいつのエーメ嫌《ぎら》いについてはよく話したじゃないか」

「本当にできないか?」

「だから俺はそう言って」

「いいや分かっていないな。僕らが直接かけ合って動かすべき相手は、ラシッド殿下ではない。ハールーン陛下だ」

「！」

その言葉を受け、イザークははっとしたように息を呑《の》んだ。

「ハイダラは皇帝が絶対的な権力を持つ国だ。ハールーン陛下の命であれば、ラシッド殿下は従わざるを得ないはずだが」

「けど、親父は……陛下は、きっと俺に見切りをつけたんだろ。現にラシッドの目論見《もくろみ》どおり、あいつに好き放題させてるわけだから」

すぐに表情を曇らせるイザークに、テオバルトは片眉《かたまゆ》を上げた。

「いや？　どうだろうなそれは。僕にはどうも、今の事態、そもそも本当にラシッド殿下の思惑《おもわく》どおり動いているのかが疑問でな」

「……どういう意味だよ」

眉根を寄せるイザークに、視線を軽く巡らせると、テオバルトは腕組《うでぐ》みをして続ける。

「おそらくラシッド殿下は、僕がアイシャ殿下に関する一連の不手際の責任者であると確定させておきたかったはずだ。なんなら、――考えたくはないが、姉ぎみの命も実際に奪《うば》っていい、くらいの気持ちだったかもしれない。経緯を顧《かえり》みる限り、解毒が成功するか否《いな》かは特に想定されていなさそうな計画だから」

アイシャが命を落とせば、確実にエーメの分《ぶ》が悪くなる。本来ならば、彼女が死んでも死ななくても、ラシッドにとっては都合よく事が運ぶはずだったのだろう、とテオバルトは付け足した。

「しかし現状、彼の思惑は外れ、クレハのおかげで、来歴不明《らいれきふめい》のドレスが中毒の原因だとわかり、饗応係《きょうおうがかり》だった僕に罪を問うのが難しくなってしまった。エーメばかりの責任とも言いがたい結果になったのだから、この呼び出しが理不尽《りふじん》だというのは、ラシッド殿下とて百も承知のはずだ」

（確かに）

テオバルトの説明に、呉葉は頷く。

しかし、アイシャに毒が使われた時点で賽《さい》は投げられているのである。首謀者《しゅぼうしゃ》であろうラシッドは、言いがかりとの自覚があっても後には引けない――今はいわば、意図的に作り出された非常に危《あや》うい均衡《きんこう》で、両国が綱引《つなひ》きをしている状況だ。

「その不安定さを、ハールーン陛下が見抜《みぬ》いていないわけがない。つまり父ぎみは、おそらく天秤《てんびん》をラシッド殿下に傾けきってはいないどころか、事件を利用して、お前とどちらが己の後継者《こうけいしゃ》にふさわしいか品定めしている段階だと思うのだよ」

要するに、鍵《かぎ》を握るのはラシッドではなく、ハールーンなのだ。

「ハールーン陛下の目的は、イザークを試《ため》すことだからな。この危地《きち》を脱《だっ》して、ついでに己の興味を引く答えを出してみせろ、と問われているわけだ。お眼鏡に適《かな》う対抗策《たいこうさく》を打ち出して、反対にこちらがラシッド殿下を名指しで呼びつけられるような中身にすれば、あちらを窮地《きゅうち》に陥《おとしい》れてやることもできるんじゃないか？」

（まあそう……なのかもだけど）

テオバルトの言い分には、確かに一理ある。あるのだが。

「お兄さま質問です。……ハールーン陛下のお眼鏡に適う対抗策って、どんな？」

「それについてはイザークが答えを知っているはずだぞ。なぜって前に愚痴《ぐち》っていただろう？　父ぎみが、お前をエーメに送り出す時に言って寄越した台詞について」

（何それ？）

キョトンと首を傾《かし》げる呉葉に対し、同じ言葉を聞いたイザークは苦虫《にがむし》を噛《か》み潰《つぶ》したような顔をした。

「あのー、イザーク……お兄さま。お父ぎみの台詞って？」

「……どうせ遊学に行くならタダで帰るんじゃなくて、エーメでも指折りの高貴な女をものにしてこいって言われたんだよ」

「エ」

しかめっ面《つら》で額を覆いつつ、ものすごく言いづらそうに答えるイザークに、呉葉は「そ、そっか」とちょっと訊いたことを申し訳なくなった。前世で「親から顔を合わせるたび婚《こん》活《かつ》をせっつかれている」という友人が、こんな顔をしていた気がする。

一方でテオバルトは、イザークの様子を特に意に介《かい》した風もなく続けてみせた。

「たとえばだ。イザークがハイダラに帰れないのは、エーメのやんごとない身分の令嬢《れいじょう》と恋仲《こいなか》で、なんなら将来を誓《ちか》い合《あ》っているからだと答えてやればいいのではないか。当の令嬢は病弱で身動きできないからと付け加えれば、こちらから挨拶《あいさつ》に出向かねばならん道理も消える」

婚約《こんやく》の許しを得たいとハールーン帝《てい》にお伺《うかが》いを立てて、両国間のいい関係に水を差したラシッドの方が逆にエーメまで祝いに来るべきだと体裁《ていさい》を整えてやればいいんだ、と。

得意げに指を振るテオバルトに、「あのな！」とイザークが二度目の待ったをかけた。

「いや、だからそのお芝居《しばい》に付き合ってくれる、病弱でやんごとない身分の令嬢って誰のことだ？」

「うちの妹に決まってる」

「なんて？」

――呉葉とイザークの声が綺麗《きれい》に被った。

「ああ、将来を誓い合うなんて言ったが、もちろん偽装婚約《ぎそうこんやく》でお芝居だぞ！　本気で妹はやらん！　不純異性交遊なんて、うちの妹には百年早いからな！」

はっとしたように付け加えたテオバルトに、イザークが「そうじゃなくて！」と叫び返している。

「偽装婚約って……そんなことしたら、クレハ嬢《じょう》の名誉《めいよ》や肩書《かたが》きに傷がつくだろう!?」

「だから、そうならないようにこの僕が工夫《くふう》するとも。あとで、どうせあのメイベル公爵が方々裏で手を回して縁談《えんだん》をぶち壊したんだろう、と言われるようにすればいい。なに、そのあたりは任せろ。これでも宮廷の若手貴族たちの間では、『驚異《きょうい》の過保護男』『大切に隠しすぎてもはや妹の実在が怪《あや》しい』『兄弟にいたら鬱陶《うっとう》しい人間の代名詞』の賛辞をほしいままにしているからな」

「いや明らかに賛辞じゃねえだろ陰口《かげぐち》だろそれは！」

「受け取る側の認識《にんしき》の差というやつだな！」

「絶対違う」

二人が隣でかまびすしくやり合っているのを呆然と眺めつつ、間抜《まぬ》けにも呉葉は口を半開きにしていた。

偽装婚約。

それも、よりによって自分とイザークが。

（なんか……すごい話になってきたんだけど……）

すごい話、ではあるのだが。

ついでにイザークから求愛的なソレ的なアレをされている身としては、心理的な問題があるかないかと言えば、それはそれは大いにありまくるのだが。

（もし、他に手がないってんなら）


「やりましょう」


気づけばぽろっと口から言葉がこぼれていた。

「わたくしに異論はありません。ぜひやりましょう、──偽装婚約！」

（っていうかラシッドの炙《あぶ》り出《だ》し！）

同時にパッとこちらを振り返る、ミントグリーンとアイスブルーの二対《につい》の眼差《まなざ》しに、呉葉はごくりと唾《つば》を呑《の》んだ。

#7

計画が決まってからの、テオバルトの行動は迅速《じんそく》だった。

まずは伯母《おば》ベルナデッタに偽装《ぎそう》である旨《むね》も含《ふく》めて事の次第《しだい》を話し、〝メイベル公爵令《こうしゃくれい》嬢《じょう》〟の縁談《えんだん》を認めさせる。

そして、即座《そくざ》にハールーン帝《てい》に親書を出してもらったのだ。

――結果は二つ返事での快諾《かいだく》とのことだった。

果たしてハイダラ帝国《ていこく》のイザーク・ナジェド第二皇子《おうじ》と、女王の姪《めい》クレハ・メイベル公爵令嬢の婚約《こんやく》の報は、瞬《また》く間《ま》にエーメ宮廷《きゅうてい》を駆《か》け巡《めぐ》ったものである。

もちろん、「発表の時期があまりに微妙《びみょう》すぎる」「親ハイダラ派の中心であるテオバルトが、無理やりに両国の間を取り持つために仕組んだ話ではないか……」と噂《うわさ》される向きがなかったわけではない。

また、メイベル公爵令嬢は、アイシャ皇女歓迎《おうじょかんげい》の舞踏会《ぶとうかい》に出席したりと、以前より健康になった様子は見られるものの、未《いま》だ予断《よだん》は許されず、依然《いぜん》として社交界に姿を現すことはなかった。

秘された公爵令嬢と、故郷での皇位継承権《けいしょうけん》も高い異国の第二皇子との婚約は、身分の貴賤《きせん》を問わず、あらゆる意味で国中の話題をさらった。

しかし、どんな裏があろうと、ベルナデッタのお墨付《すみつ》きを得た以上、縁談自体は公的な慶事《けいじ》に違《ちが》いない。アイシャ皇女が毒に倒《たお》れて以降、エーメとハイダラ両国間には、往時のような張《は》り詰《つ》めた空気が戻っていたのも事実である。──結局のところ、人々はこの吉報《きっぽう》を、どこか作られたようなよそよそしさはありつつ、歓迎したのだった。

──思えば。

異母兄ラシッドに鷲《わし》や愛犬を殺されようと、仲のいい異母弟妹《ていまい》たちを脅《おど》されて毒を盛《も》られかけようと。

情報網《じょうほうもう》を整えたりと、対抗手段《たいこうしゅだん》こそ築いてきたものの、基本的には防御《ぼうぎょ》のすべばかりであり。

今までイザークは、積極的にラシッドに対して攻勢《こうせい》に出たことなどなかった気がする。

それは、エーメに己《おのれ》が遊学に来てからも同じだった。

（ってことは今回初めて、こっちから反撃《はんげき》に転ずるわけか。あっちも俺が咬《か》みつき返すの

は予想外だったかもな）

整いつつも険《けん》のあるあの面《つら》に、いかにも嫌《いや》そうな渋《しぶ》い色が浮《う》かぶ様を想像し、イザークは少しばかり溜飲《りゅういん》の下がる思いがする。

それはそれとして、親しい者たちに最初に手を出されてからこちら、イザークの腹の中には、どろりと暗く煮《に》えたぎるものがあるのも事実なのだった。

（つくづく甘すぎたんだ、俺は）

だから、本物のクレハ嬢《じょう》は殺され、テオバルトが狙《ねら》われ、姉のアイシャまでその毒牙《どくが》にかかろうとしている。

腐《くさ》っても血を分けた兄弟だ。きっと、互《たが》いに生涯相容《しょうがいあいい》れることなどないだろうが、できるだけ両者とも共存できるあり方を模索《もさく》していきたいと。向こうから斬《き》りかかられても、まずは刃《やいば》をかわし、攻撃《こうげき》をいなすことに専念してきたように思う。

けれど。

（このままじゃ、今のクレハにだって酷《ひど》い危害が及《およ》ぶ）

現にジョアン・ドゥーエから二度目の襲撃《しゅうげき》を受け、今回の件でも、偽装婚約などというやり方でとんでもなく巻き込んでいる。

呉葉《くれは》がおよそ常人離《じょうじんばな》れして色々な意味で強靱《きょうじん》だから、かろうじてどうにかなっているだけで。現に本来のクレハ・メイベルは命を落としているのだ。

――〝その力を信じて活《い》かし、より意思を尊重するような接し方を、そろそろ探す段階なのかもしれない〟

以前、今のクレハとの関係について、テオバルトが話していた言葉を思い出す。

今回彼が、およそこれまでなら言いそうにない〝大事な妹との偽装婚約〟などという奇《き》策《さく》を持ち出してきたのも、おそらくその一環《いっかん》なのだ。掌中《しょうちゅう》の珠《たま》よと大切に握り込まなければならなかった病弱で薄幸《はっこう》なクレハ・メイベルではない。クレハ・ナルカネには、たとえ危険が伴《ともな》おうと、一緒《いっしょ》に戦ってくれと申し出る方がふさわしい。――しかし判断するまでに、テオバルトも相当迷っただろう。

（それでもテオは覚悟《かくご》を決めたんだ。じゃあ、俺は？）

その隣《となり》に恥《は》じることなく立てるようにするには、どうすればいいのか。正解はきっと見えている。

いい加減に腹を括《くく》る時期だ。ラシッドに対してよりも、手をこまねいている自分自身にこそ、イザークは強い焦《あせ》りと苛立《いらだ》ちを感じていた。

「喜べクレハ。今朝がたハールーン陛下《へいか》から、こちらの希望に沿って、ラシッド殿下《でんか》をエーメに派遣《はけん》してくる旨《むね》の書簡《しょかん》が届いたぞ」

邸内《ていない》の居間で、柔《やわ》らかなソファに腰掛《こしか》け、イザークにもらった教養本を読みながら時間を潰《つぶ》していた呉葉は、王宮から戻《もど》ってくるなりのテオバルトの報告に驚《おどろ》かされた。

（えっ、もう!?）

まったくもってテオバルトは、惚《ほ》れ惚《ぼ》れするほど仕事が早い。

この兄に対して『なんとなく有能そうな雰囲気《ふんいき》を醸《かも》し出《だ》しつつも、とりあえず基本的に顔から汁《しる》の人』のような漠然《ばくぜん》とした――どころか割と失礼寄りな――印象を抱《いだ》いていた呉葉だが、ここに来て大いに認識《にんしき》を改めつつある。

何か動きがあれば都度《つど》知らせるから、という前提で、今は危険を避《さ》けるため、やはりメイベル邸《てい》に缶詰状態《かんづめじょうたい》の呉葉である。

すっかり慣れっこといえど、本来苦手な軟禁生活《なんきんせいかつ》。しかし呉葉としては、正直今まででいちばん平穏《へいおん》な気持ちで過ごしている。

自分では一切《いっさい》の実感もないままだが、何せ国内では一躍時《いちやくとき》の人になってしまったもので、外に出るとどうしても衆目《しゅうもく》を集めてしまうという理由も納得《なっとく》できるものであったし――何より。

（作戦がイザークばっかりじゃなくて、テオバルトお兄さんも一緒っていうのが頼《たの》もしいし、嬉《うれ》しいというか）

クレハの中身が呉葉であることをテオバルトに隠《かく》している以上、今までは、何をするにつけても彼の目を盗《ぬす》まざるを得なかった。

けれど今回の件では、その兄も思いきり噛《か》んでいるので、あれこれ堂々と実行できる。芝居《しばい》や隠しごとが不得手で、合わせて「クレハちゃんにとって大事なお兄さんの意思は尊重したい」派の呉葉としては、これだけでもかなり気が楽だった。

「ベルナデッタ陛下から諸々《もろもろ》の許可を得たのはすでに話したとおりだが、同時に陛下の主《しゅ》催《さい》で、お前たちの婚約披露《こんやくひろう》の宴《うたげ》を開催《かいさい》する話も決まっている。で、早くも、ハールーン陛下は、その宴にラシッド殿下を参加させると返答をくださったわけだ」

（すごい。テオバルトお兄さんの読み、当たってる！）

ハールーンはやはり、兄弟のどちらを重んじるか決めていなかったのだ。そして、メイベル公爵令嬢との婚約というイザークの対抗策は、皇帝《こうてい》を満足させるものだったのだろう。

「が、やはりというか。別途《べっと》ラシッド殿下本人から、急な疾病《しっぺい》のため欠席したい旨の報《しら》せがあってな」

（うわ予想どおりの反応だけど腹立つ！　前世のサボり常態ダメ社会人で言うところの『今日は二日酔《ふつかよ》い、じゃなくてぽんぽんペインなので会社行けませぇん』ってアレみたいな……）

苦々しい気持ちを隠しもしない呉葉に、テオバルトはにっこり微笑《ほほえ》んで宣《のたま》った。

「……とまあ、どうせゴネてくるだろうことは予想していたとも。先にハイダラ皇宮《こうぐう》に残してあったイザークの情報網を借り、ラシッド殿下の体調不良が当然のこと仮病《けびょう》で、部屋に引きこもりつつ実は酒を飲んだり女を呼んでいることを摑《つか》んでやった。ついでにハールーン陛下に全て報告してもらっておいたからな。強制的に尻《しり》を叩《たた》かれて動かざるを得なくなったようだ」

(お兄さん退路の断《た》ちかた怖《こわ》ッ!)

なんとも容赦《ようしゃ》がない。

しかし、味方についていればこれほど心強いことはないな、と思い直す。

「ああそうだ、念のため。クレハは知らないかもしれないが、イザークは国を跨《また》いだ独自の情報網を整えていて、その名も『目《ディーダン》』と『耳《シェニダン》』と言うんだ。もちろんお父ぎみのハールーン陛下もご存じで、優秀《ゆうしゅう》さで陛下からもいたく信頼《しんらい》されているそうだぞ」

と、追加で解説をくれるテオバルトに「すごい、名前がかっこいいですわね」といつかイザーク本人にもしたような反応を返しつつ、心の中でだけ「めちゃくちゃ存じ上げておりますわ……」と付け加える。ジョアン事件の時に、それはもうお世話になりました。

「ラシッド殿下を含むハイダラからの使節一行は、すでに皇宮を出たらしい。こちらに着くのは一週間後だそうだ。宴は彼らの予定に合わせて開くと伝えてあるが、向こうはまた理由をつけて時間を稼ぎ、その間にこちらに何かしてくるだろうな」

「えっ、は、はい」

邸《やしき》の警備はこれまで以上に厳重にしつつ、「尻尾《しっぽ》を摑むならこの機だろう」とテオバルトは言う。

「それから並行《へいこう》して、対《たい》ハイダラの外交施策《がいこうしさく》で中立派やら強硬派《きょうこうは》に傾《かたむ》きつつある貴族たちのところを巡って、婚約に関して好意的に捉《とら》えてくれるよう働きかけてきたぞ。説得に手間取る相手もいたが、だいたい根回しはすんだはずだ」

「中立派や強硬派？　ハイダラに友好的な貴族ではなく、ですか？」

「もともと穏健派《おんけんは》だった者たちは、基本的に協力してくれるのでな。こういう時に日和《ひよ》る相手をあらかじめ味方につけておくことで、動きの妨げになりそうな波風を避けられる」

（あ、そっか！）

呉葉はただ呆気《あっけ》に取《と》られるばかりだ。

（すごい。めっちゃくちゃバリバリに仕事できる、この人）

そういえば、ラシッドから秘密裏《ひみつり》に送られてきた刺客《しかく》を、イザークと二人がかりで着々と処理してきたようなことも聞いたような。普段《ふだん》の宮勤めにプラスアルファでこの活躍《かつやく》なのだから、まったくもって普段の汁の人とは別人である。

知られざる〝兄〟の一面に内心で舌を巻きつつ、呉葉は微笑んだ。

（なんにせよ、もうちょっとでラシッド本人に手が届くんだ！）

「色々うまくいきそうですわね」

「……いや、まだ油断はできないんだよ」

　思わずホッと呉葉が表情を緩《ゆる》めていると、テオバルトにやや遅れて室内に入ってきたところのイザークが、硬《かた》い表情で首を振《ふ》った。

「ラシッドのやつには『口《ファム》』と『牙《ファン》』があるから」

「ファムとファン？」

　首を傾《かし》げる呉葉に、イザークは渋い顔をする。

　いわく、「目と耳」を使っての情報戦に長《た》けたイザークとは対照的に、ラシッドはラシッドで独自に「口と牙」と呼ばれる工作機関と戦闘集団の複合組織のようなものを営《いとな》んでいるらしい。『口』が諜報《ちょうほう》活動等の特殊部隊、『牙』が暗殺を得意とする実働部隊だとか。

　ジョアンによるクレハやテオバルトを狙った事件もおそらく彼らが動いたものだと付け加えられ、「なるほど……そっちも優秀なのですのね」と呉葉は顎《あご》を引く。

「しかしだ、イザーク。『口』と『牙』の存在は、ハイダラ国内で半ば公然《こうぜん》の秘密《ひみつ》であるとお前は言っていただろう？　では、逆に言えば、このたびの事件が奴《やつ》らの仕業だと明白になれば、ラシッド殿下の失脚《しっきゃく》につながるのではないか？」

「それは、そのとおりだけど。それこそが難易度が高いってのは、テオだって知ってるだろ。ジョアンの件も今回の姉上の件も、あっちがやったって証拠《しょうこ》を挙《あ》げることに関しては、ずっと後手に回り続けてるのが現状だから……」

苦虫《にがむし》を噛《か》み潰《つぶ》したような顔のイザークと、「そうだったな」とため息をつくテオバルトに、呉葉も眉根を寄せる。どうにも一筋縄《ひとすじなわ》ではいかないものだ。

（ラシッドを捕まえること。罪を白日《はくじつ》のもとに晒《さら》して、アイシャお姉さんの解毒方法を聞き出すこと。お姉さんの状況を思えば時間はかけられない。全部、一気に片付けられる方法は……？　あっ、そうだ）

ふと思いついたことがあって。呉葉は「あの」と挙手《きょしゅ》してみた。

（ちょっと前なら、『論外だ！』ってテオバルトお兄さんに反対されていたかもしれない。……けど、今なら？）

イザークはもちろんのこと、こうして〝クレハ〟のことを少しずつ信じて自由の枠《わく》を広げようとしてくれているテオバルトなら、ひょっとしたら提案を聞き入れてくれるかもしれないのでは。

「……では、こういう策はいかがです。向こうの予測がつかない行動で意表を突《つ》いて、油断させればいいんでしょう？」

二人分の眼差《まなざ》しがはっとこちらに向く。

喉《のど》をゴクリと鳴らし、呉葉はおっかなびっくり口を開いた。

#8

（言い出しっぺの法則なのかもだけど！）

さしもの呉葉《くれは》も、前世での友人いわくのところの「いちばんキラキラプリンセス」なボールガウンを、まさかそんなに日を置かずに再び着る羽目になるとは思わなかった。

正直、あと半年くらいはごめん被《こうむ》りたかったのに。もはや一生分着た気分だ。余生は中学時代の名札付き芋《いも》ジャージャーだけで過ごしたい。前世の押し入れに置いてきてしまったが。

（ううっ……今だけとはいえ、歩きにくぅ！）

なお、前回のドレスが星屑《ほしくず》を散りばめた夜空風だとすれば、今回は、明るい真昼の青空風といったところか。蒼穹《そうきゅう》に布を浸《ひた》して色を写し取ったような、目にも鮮《あざ》やかなコバルトブルーの生地《きじ》が美しい。

ところどころ繊細《せんさい》な白い花飾《はなかざ》りが散らされ、同じく雪色のレースで美しくラインを引いてあるのが、柔《やわ》らかそうな綿雲《わたぐも》を連想させる。艶々《つやつや》した光沢《こうたく》のある生地に、たっぷり取られたひだだが、いかにも目に華《はな》やかだ。着ている方は絶望的に歩きにくいけれど。

先日と同じく、女王陛下《へいか》の厚意《こうい》で貸し出された大広間で開催《かいさい》された、〃ハイダラ第二皇《おう》子《じ》とメイベル公爵令嬢《こうしゃくれいじょう》の婚約披露《こんやくひろう》パーティー〟には、かなり多くの人数が詰《つ》めかけていた。

　ちなみに、本来であれば婚約披露の場に招待されていたはずのラシッド皇子は、現在「急な体調不良のため」国境沿いの町で大事をとっており、ツォンベルン入りはいつになるか分からないらしい。なんともしつこい仮《け》びょ……ぽんぽんペインである。

　というわけで、「こちらの到着を待たず、エーメの貴族と国内にいるハイダラの関係者だけで事前に祝宴《しゅくえん》を開いてほしい」と先方から申し出があったのだ。

「妹ぎみのご婚約おめでとうございます、メイベル公爵」

「このたびはお祝いを申し上げます、ナジェド卿《きょう》……いえ、イザーク殿下《でんか》。ここだけの話、このご時世ですからな……慶事《けいじ》で両国間の関係を取り持ってくださって感謝ばかりですよ」

「本当に。いやぁ、しかしお美しい。うちの息子《むすこ》が先を越《こ》されたと嘆《なげ》いておりますがね」

　エーメ貴族は、基本的にテオバルトやイザークを目がけて挨拶《あいさつ》に来る。

　おかげで呉葉本人は、その背後でニコニコ微笑《ほほえ》んでいるだけで事はすんだ。不特定多数相手に口を開くとボロが出そうなのでちょうどいい。このところの緊張《きんちょう》でよほど疲《つか》れきっていたのか、特に外交を司《つかさど》る者たちからは、心底安堵《あんど》したような声も聞かれた。

　ちなみに本日の呉葉のエスコート役は、演目上の都合でイザークにお願いしてある。前回はよほどテオバルトが相当うまく隠《かく》してくれていたらしく、予想以上に呉葉のボールガウン着用での歩き方がどうにもならないので、「……本当に大丈夫《だいじょうぶ》か？」と彼には割と真剣《しんけん》に心配されてしまった。

そんなイザークはイザークで、呉葉の服装に合わせ、青系でまとめた衣装《いしょう》を身に着けている。普段《ふだん》は、ハイダラ風の飾りボタンやサッシュベルトを巻いているが、暁《あかつき》色《いろ》の上着や金刺繍《きんししゅう》の肩飾《かたかざ》りなど、今回は国内の貴族たちの印象をよくするために純エーメ風に仕上げたらしい。

逆に呉葉の方が、コイン飾りを膨《ふく》らんだスカートや手首にあしらったりと、ハイダラ風の演出をしてある。ちなみにドレスの見立てもイザークで、「偽装《ぎそう》だと言っているだろう！　なぜそこまでお前が！」「そうそう」とぶうぶう不満を垂れるテオバルトを「その方が皆《みな》さんの話題になるからですわよ」と二人がかりで丸め込んで選んだものだが、当然ながら話題性はおまけでちょっとした仕掛《しか》けを施《ほどこ》してある。

テオバルトに代わってイザークに人型自走式松葉杖《まつばづえ》になっていただきつつ、呉葉はプルプル震《ふる》える脚《あし》を必死に動かした。これで一日過ごすくらいなら、竹馬《たけりま》で全力疾走《ぜんりょくしっそう》する方がまだ難易度が下がるレベルだ。

「……クレハ、無理せずもうちょっと体重かけていいぞ、こっちに」

と、――不意に。

耳朶《じだ》に吐息《といき》が触《ふ》れる近さでイザークに囁《ささや》かれ、呉葉は飛び上がりそうになった。

周囲に聞こえないよう、声を潜《ひそ》めているせいだ。分かっているのに、頰《ほお》に血が集まる。

（ひえ、うわ）

「へ、へ、平気。ごめんイザーク、ちょっと足引っかけそうで」

ただ失態が恥《は》ずかしいだけ、そのはずなのに。先ほどまでなんの気なしに縋《すが》っていたイザークの腕《うで》を、妙《みょう》に意識してしまう。おまけに、よほど呉葉の歩き方がひどかったのか、彼はただのエスコートに代えて、さりげなく呉葉の手を取り、腰《こし》に腕を添《そ》えてくれる。

純度百パーセントの厚意というか、確実にフォロー以外の他意はなさそうで、おかげでだいぶ歩きやすくはなった。……なった、のだが。

（お、男の人の手だ。いや当たり前なんだけど！）

己《おのれ》の白く細い指に絡《から》められたのは、節くれて骨ばった、一回り大きなそれ。慌《あわ》てて「あの、助かっ……」とお礼を言おうとした瞬間《しゅんかん》、普段から彼が纏《まと》っている、ほのかな檸檬《れもん》のようなエキゾチックな香水《こうすい》の香りが鼻先をくすぐる。思わず息を吞《の》んだ。

（なにこれ、なんか変だ、私！　いや、前にテオバルトお兄さんにも同じことしてもらったはずじゃない……!?）

さっきから、引っきりなしに心臓が不整脈を訴《うった》えている。

隣《となり》にいるのは、とびきり見栄《みば》えよく装《よそお》ってはいるけれど、気遣《きづか》い上手ないつものイザークで。だというのに、なぜか今の自分ときたら、ふわふわと雲を踏《ふ》むような心持ちで。きっと普通《ふつう》ではない。

そわそわしたまま、呉葉は視線をさまよわせ、――そこでふと、この大広間の特徴《とくちょう》に気づく。そういえばアイシャも言っていた。壁《かべ》が全面、鏡張りになっているのだ。

磨《みが》き上《あ》げられた鏡の中から――絵に描《か》いたような異国の皇子様に導かれる、麦穂色《むぎほいろ》の長い髪《かみ》を持つ美しい少女が、宝石の輝《かがや》きを持つ淡《あわ》い紫《むらさき》の瞳《ひとみ》で、こちらを見つめ返していた。

（あ……そっか。私は今、『クレハちゃん』なんだった）

その瞬間。胸の高鳴りが急速に鎮《しず》まり、呉葉は頭から冷水を被《かぶ》った心地《ここち》になった。

（馬鹿だなあ。今の人生は預かりものなのに。私……）

冷静になると自覚できる。

間違《まちが》いなく。――浮《う》かれていた。

（ああもう。気を引《ひ》き締《し》めろっての！　大事な作戦中に変なこと考えて……）

なんだか自分が情けなくて。気持ちを切《き》り替《か》えようとため息をついた時だ。

「歩きにくいのは気の毒だけどさ。ドレス、今日のも似合ってるよ」

ふと思い出したようにイザークが褒《ほ》めてくれるので、呉葉は俯《うつむ》いたまま「そうかな、ありがとね」とだけ返した。そんなつもりはなかったはずなのに、声が少し湿《しめ》ってしまう。

そして、気づかれないといいなと願っても、機敏《きびん》に察してしまうのがイザークなのだ。

「あのさクレハ。……またなんか勘違《かんちが》いしてるかもしれないから、言っとくけど」

やや不貞腐《ふてくさ》れたような調子で、彼は付け足した。

「似合ってるのは今のあんたに、だからな。前の夜空みたいな青もよかったけど、やっぱりクレハには、明るくて生命力のみなぎる昼間の青のが、ふさわしいと思うからさ」

「……！」

思わず呉葉は、まじまじとイザークの顔を見つめた。

それは、紛《まぎ》れもなく――イザークなればこその言葉だったから。彼とは、この身体《からだ》に転生してからずっと、青空の下、秘密の魔法修行《まほうしゅぎょう》や組み手を一緒《いっしょ》にこなしてきたのだ。

「とにかくだ。……今、俺の隣にいるのはあんただし、あんたの隣にいるのは俺だし。それは、忘れないでくれよ」

あまりにこちらが凝視《ぎょうし》しすぎたのか、イザークはふいっと顔を背《そむ》けてしまった。その耳がなんだか赤い気がするが――たぶん会場が暑いせいだろう。呉葉の頰だって、こんなに熱がこもっているのだから。

（わーもう！　心頭滅却《しんとうめっきゃく》！）

どうにか雑念を追《お》い払《はら》うと、呉葉は手筈《てはず》どおり、こちらと付《つ》かず離《はな》れずな距離《きょり》を保《たも》ってくれていたテオバルトに目配せをする。相手も心得たように頷《うなず》き返《かえ》してきた。

「皆さま、失礼！　妹は疲れているようなので……少し別室に下がらせます」

周囲にテオバルトが報《しら》せる声に合わせ、呉葉も軽く腰を折って退出の意を表した。

（私たちが抜《ぬ》けても、この場はお兄さんがうまく取り持ってくれるはず）

だから呉葉たちは、このパーティーでの裏の目的を果たさなくては。

「クレハ嬢《じょう》、こちらに」

「ありがとうございます」

簡単なやりとりを微笑みと共に交《か》わしつつ、呉葉は後ろにちらりと目をやった。

気になっていたことだ。こちらを見る貴族たちのまなざしの中に、明らかにいくつか、何か監視《かんし》するような無機質なものが交《ま》じっていたもので。

（あ、やっぱり動くのね）

思ったとおりと言うべきか。

呉葉とイザークが宴席《えんせき》を辞《じ》すのと同時に、彼らの気配もいっせいについてくる。

周囲に溶け込むべく慎重《しんちょう》に振《ふ》る舞《ま》ってはいるらしいが、あいにくと呉葉も、普通の公爵令嬢ではないのだった。

「こういう格好での優雅《ゆうが》な歩き方、いい加減慣れないとなぁ」

「あんたのことだし、『優雅』の修飾《しゅうしょく》を取ったら一応そんなでもないんだろ」

「いやそうなんだけど、それ取っちゃダメだから苦労してるの」

ドレスの端《はし》をつまんで、呉葉はため息をつく。

大股《おおまた》のガニ股《また》で裾《すそ》を勢いよく蹴《け》り上《あ》げながら歩けば、確かにどうにかできないことはない。が、見栄えは悲惨《ひさん》なことになる。

「ま、そうだろうな」

苦笑《くしょう》しつつエスコートの体裁《ていさい》で支えてくれているイザークに、「ところで」と呉葉は小声で話しかけた。

「イザーク、後ろからついてきてるの何人だと思う?」

「勘《かん》だけど、背後からは二人くらいかな。けど、今は周りを王宮の衛兵や俺の護衛士がわんさか見張ってるから。俺たちの落ち着き先を確認《かくにん》するための斥候《せっこう》で、本隊は遅《おく》れてくるんじゃないか?」

「私もそう思う」

やがて入ったのは、大広間で宴席が開かれる際に使われる控室《ひかえしつ》の一つだ。

扉《とびら》を開けると、しっとりとした暗赤色《あんせきしょく》のビロード張りのソファや金色の猫脚《ねこあし》を持つ大理石のテーブルが置かれ、品よくまとめられている。が、「できるだけ家具のない部屋がありがたいです」と呉葉が希望したとおり、中央に大きなスペースがあった。

室内には誰《だれ》もいない。

同時に、閉まった扉の向こうで遠巻きにこちらの様子を窺《うかが》っていた例の気配が、迅速《じんそく》に引き返していくのを察知する。

よし、と呉葉は頷いた。

（計画は順調みたい）

「あー疲れた！　イザーク、サポートありがと助かった！　じゃ、ちょっとこれ脱《ぬ》いじゃうね」

室内にはイザークと自分以外誰もいないのだから、途端《とたん》にくだけた素の調子に戻《もど》り、呉葉は背中で結んでいたリボンを引っ張った。

「よいせ」

今回のドレスは、巧妙《こうみょう》に隠していたものの、内側にもう一枚、動きやすい服を仕込んであるのだ。いつもイザークと手合わせする時にこっそり着用している男性用の衣装で、ボールガウンどころか、そろそろ慣れてきた長いスカート付きのドレスより、格段に動きやすい。

（はあすっきり！）

そのまま豪快《ごうかい》に長い袖《そで》を腕から引き抜き、上身頃《うえみごろ》のボタンを外し、下に仕込んでいた白いシャツに黒のズボン、革《かわ》のジレに『脱皮《だっぴ》』しようとする呉葉はたいそう爽快《そうかい》な気分だったが、隣にいたイザークの方はぎょっとしたらしい。

「うわっ！」

いきなりびくついて身を引く彼に、ソファの下に隠していた長剣《ちょうけん》をイザークに渡《わた》しがてら、ベタ靴《ぐつ》に履《は》き替《か》えていた呉葉は「え？」と目をしばたたいた。

「なにイザークどうしたの、ゴキブリいた？　潰《つぶ》す？」

家庭内害虫を見つけた前提で脱いだ靴を手に構えて「ヤロウ殺《や》りますか」ポーズをとる呉葉に、イザークは額を押さえていた。

「違《ちが》う！　いきなり男の前で予告なく着替《きが》え始めるなよ！」

「へ？　ああ！　うわっ、ご、ごめん」

服の上から服をオンしているので、単純に上着を脱ぐような感覚だったが、一拍遅《いっぱくおく》れて「そりゃあそうか」と呉葉も気づく。

（確かに昔、体育の授業で下に体操着着てても更衣室《こういしつ》別だったもんな……）

特にここはマナーの厳しい貴族社会である。軽率《けいそつ》だった。

「……別にもういいけど！　あんたがそういう感じなのは知ってたのに、うっかりしてた俺も俺だし」

「あはは……ダメだなぁ。イザークの前だとつい油断しちゃって」

「いや、違うだろ」

「違うって何が？」

眉間《みけん》を押さえ、イザークはため息をついた。

「俺の前だからこそ油断するなよ、ってこと」

「！」

「とりあえず後ろ向いとくから、終わったら言ってくれ」

くるっと背を向けたイザークの頬がわずかに朱《しゅ》を帯《お》びていることに気づき、呉葉も遅ればせながら赤面する。

（ずっと気にしないで過ごせてたけど）

どことなく不貞腐《ふてくさ》れているのがわかるイザークの反応が、珍《めずら》しく、本当に「すごく普通の」青年らしいものだったから。――己の不義理に気づいて、はっとした。

（そうだよね。告白の返事、保留にしっぱなしなんだよ、私……）

色々あってそれどころではなかったせいもあるだろう。が、ふと思い至るのは、たぶんイザークは、ひょっとしなくても「呉葉ができるだけ告白のことを気にせずに」過ごせるよう計らってくれていたのではないだろうか。

自分が想《おも》いを打ち明けたことで、呉葉に負担をかけないように。

呉葉が急いで答えを出さなくていいように。

(なんていうかなあ。とことんフェアな人だよね、イザークって)

飄々《ひょうひょう》として気やすい、たまに掴みどころがなかったりするけれど——こういう時、呉葉はイザークのことを、しみじみ尊敬する。

恋《こい》のイロハはもちろん駆《か》け引《ひ》きも知らないけれど、一般《いっぱん》的に奇襲《きしゅう》の方が真っ向勝負よりも勝率が上がるものだ。なので、「早く答えを」と急《せ》かせば、彼にとっては有利に違いない。けれどそうせず、ちゃんと納得《なっとく》がいく結論をこちらが出せるまで待ってくれているわけで。

(……我ながらまだまだだなあ)

当たり前のように彼の配慮《はいりょ》を享受《きょうじゅ》してしまっていたことを、呉葉はひっそりと反省した。そして、早めにきちんとこの宿題にも向き合わなければと改めて決める。

(って、そうこうするうちに)

靴の履き替えも終わり、瀟洒《しょうしゃ》なレースの手袋《てぶくろ》を外して、拳《こぶし》を保護する目的の黒い革手袋を身に着けたところで。

――カタン、と天井《てんじょう》の方から小さな音がした。

ついでに窓もだ。

「……おいでなすったみたい。イザーク、何人かな？」

「十人。いや、十一人か」

「またまた私もそう思う」

軽い調子で、先ほどと似たやりとりを交わしたところで、ごとりと天井の板が動くのが目に入る。四角く空《あ》いた穴から、黒い人影《ひとかげ》が音もなく降りてきた。

同時に、ごく小さな音で窓ガラスが叩《たた》き割《わ》られ、外側からぞろぞろと同じ服装の男たちが入ってくる。

（おお、忍者《にんじゃ》みたい！）

各々《おのおの》が全身黒ずくめで顔を覆面《ふくめん》で隠し、手にはハイダラの月刀《シャムシール》ではなく国籍不明《こくせきふめい》のナイフを構えた集団に、呉葉は状況《じょうきょう》にもかかわらずテンションが上がった。

（武器は前世で言うところのククリナイフと、……カランビットに似てるの持ってる人もいるなあ。文化圏違《ぶんかけんちが》うから輸入品かな。他に仕込んでそうな奴も含めて、ものの見事に殺傷能力高めの刃物揃《はものぞろ》いで、扱《あつか》いも慣れてる、と）

ぎりぎりまで押し殺された音や気配に、彼らの熟練度が相当のものだと察せられる。なるほど、ラシッド肝《きも》いりの暗殺集団というのは真実らしい。

「イザーク、このひとたちが『牙《ファン》』だよね？」

「ああ、たぶん」

小声で尋《たず》ねると、「俺も実際目にするのは初めてだけど、特徴は合ってる」と言い添えた答えが返ってくる。

（無音で襲撃《しゅうげき》かけて、外の護衛士に気づかれずにカタをつけるつもりだったのかな）

思いがけず自分たちに呉葉とイザークの目が向けられたので、夜の色を纏う曲者《くせもの》たちはやや怯《ひる》んだようだ。

しかし、気を持ち直したのか、改めてナイフをかざし、こちらに狙《ねら》いを定めてくる。隣でイザークがすらりと愛用の剣《けん》を鞘《さや》から払うのを横目で認めつつ、呉葉も拳を固め、腰を落として重心を低く保《たも》った。

ジョアン戦からこちら、久しぶりの実戦である。

「いらっしゃい、お客さまがた。……丁重《ていちょう》に歓迎《かんげい》してさしあげますわ」

なんとも不謹慎《ふきんしん》ながら、思いっきり暴れられることへの高揚《こうよう》に、呉葉は思わず口元を緩《ゆる》めた。

#9

さて。

——栄《は》えあるハイダラ帝国《ていこく》の第一皇子たるラシッド・カプラーンには、この世で嫌《きら》いなものがいくつも存在する。

美しくないもの。正統ではないもの。従順ではないもの。ハイダラの伝統に背《そむ》くもの。

即座《そくざ》に思《おも》い浮《う》かぶだけでもこれだけ列挙できる中で、腹違《はらちが》いの弟などその最たる例だ。

なんであんなものが堂々と皇宮《こうぐう》に、それも正妃腹《せいひばら》の第二皇子として生きていられるのか。

偉大《いだい》なる父帝《ふてい》ハールーンの寛容《かんよう》さは基本的には尊敬すべき美点だが、それにしたって理解に苦しむ。母方の血の先祖返りとかで、長きに亘《わた》りハイダラとヴィンランデシア西大陸の覇《は》を競《きそ》い合《あ》ってきた、穢《けが》らわしいエーメ人のような外見。そのくせ、格調高いハイダラ皇統の象徴《しょうちょう》であるはずの炎属性《ほのおぞくせい》の強い魔力《まりょく》を持っている。そのチグハグさが不気味だった。あれは、美しくない。

（もう少し身《み》の程《ほど》を知って大人しくしているか、炎以外の魔力属性か、せめてハイダラの皇族らしい見た目を持っていたなら、まだ可愛《かわい》げもあったものを）

ラシッドにとっての『嫌い』は、『この世に存在することすら許されない』と同義だ。対象が生きものであるなら、間違っても同じ空気など吸わずにすむよう、等しく排除《はいじょ》せねばならない。

これは単なる純然たる信念で、不要なものの排除は必要な措置《そち》だった。

ハイダラの国土の大半を占《し》める砂漠地帯《さばくちたい》を抜け、エーメ国内に入ると、ずいぶんと緑の気配が濃《こ》くなっていく。中心部に近づくにつれ、湿った空気は肺に絡みついて、不快感を強めてくれたものだ。故郷の乾《かわ》いた空気がもう懐《なつ》かしい。

そんな、王都ツォンベルンを目前にした、とある小さな町。

棗椰子《なつめやし》の木が生《お》い茂《しげ》る、ハイダラの緑地に似せた庭園や、壁に細緻《さいち》な模様を刻んだ隊商宿のような建物を持つ高級な宿泊施設《しゅくはくしせつ》。ここで、ラシッドは〝急な体調不良〟による〝しばしの足止め〟を〝強《し》いられて〟いる。

もちろんそれは体裁《ていさい》のみのことで――実際のところは、父帝ハールーンの命令で派遣《はけん》された使節団長として、エーメの宮廷《きゅうてい》に出向く時宜《じぎ》を、意図的にギリギリまで遅らせているのである。

(くそっ。イザークのやつめ。なぜこの私がこんなところに……！)

女奴隷《どれい》たちの手で綺麗《きれい》に切《き》り揃《そろ》えられた爪《つめ》をぎりっと噛《か》み締《し》め、ラシッドは、この旅路についてからというもの幾度《いくど》となく繰《く》り返《かえ》した悪態をつく。

（エーメ王宮、いやツォンベルンは、イザークとメイベル公爵の本拠《ほんきょ》だ。入れば命に関わるだろう。しかしつくづく悔《く》やまれるな。土壇場《どたんば》になって父上があいつの方に天秤《てんびん》を傾《かたむ》けなければ……）

当初の計画としては、妹姫《いもうとひめ》アイシャの暗殺事件——今後を思えば実際に殺すには少々惜《お》しい駒《こま》だが、元々イザーク寄りだったことも気に食わなかったし、そもそも自分が帝位《ていい》を継《つ》げなくなるより妹を生贄《いけにえ》にした方がましという合理的な判断だ——を機に、エーメ国内でのイザークやその後ろ盾《うしろだて》の地位を一気に突《つ》き崩《くず》す予定だった。

ついでに、ハイダラへの感情が好悪《こうお》入り混じって複雑に渦巻《うずま》く環境《かんきょう》であるエーメはエーメで、自発的に臨戦態勢をとってくれれば重畳《ちょうじょう》。

そして当初は、目論見《もくろみ》どおり、計画は順調に進んでいたのだ。

土属性魔術《まじゅつ》の使い手であるラシッドにとって、鉱毒の調整はお手のものである。砒素《ひそ》入りの染料《せんりょう》で作ったエーメ風の衣装を、己の間諜《かんちょう》を使ってアイシャの元に送り届け、歓迎の舞踏会《ぶとうかい》で身に着けさせる。

アイシャが原因不明の毒に倒《たお》れたことは、先般《せんぱん》片付け損《そこ》ねた、弟に肩入《かたい》れするエーメ上流貴族メイベル公爵の責任になる。邪魔《じゃま》な庇護者《ひごしゃ》はとっとと失脚《しっきゃく》させ、いけすかない当の弟の首の方は、エーメ側で刎《は》ねてもらうもよし、こちらに呼《よ》び戻《もど》すと見せかけて道中で適当に始末するもよし。

（そのはずだったのに！）

そこから急に予定が狂った。

一つ目の誤算は、アイシャの毒がメイベル公爵の手で中和されてしまったこと。

そして二つ目は、大勢のエーメ貴族の目がある舞踏会のその場で、毒のカラクリが暴かれてしまったことだ。

（そのせいで、アイシャが倒れた責任をエーメ側になすりつけられなくなった。こちらからの非難を無理筋にさせられた）

なんと言っても最大の誤算は、イザークとメイベル公爵令嬢の急な婚約発表である。

ずっとイザークのことは密《ひそ》かに間諜の『口《ファム》』たちに探《さぐ》らせてきたものの、今までメイベル公爵令嬢とイザークの間にそのような話はとんと出ていなかったはずだ。それが、よりによって今を選んでくるとは。

時期柄《じきがら》、エーメとハイダラ両国間の緊張を緩和《かんわ》するためのいかにもわざとらしい策だが、ケチをつけられる話でもない。おまけに、メイベル公爵のおかげで、エーメ側の貴族たちのハイダラへの悪感情まで拭《ぬぐ》い去《さ》られてしまった。

父帝ハールーンは心に天秤を持ち、己とイザーク、どちらが次期皇帝《こうてい》にふさわしいかを常に見極《みきわ》めんとしている。あんな穢らわしい外見の弟ごときに、御前試合《ごぜんじあい》で三度も恥《はじ》をかかされた屈辱《くつじょく》を、ラシッドは忘れたことなどない。果たして今回も、どうやらイザークの方に乗ることにしたらしいハールーンは、ラシッドの行動を黙認《もくにん》するというそれまでの態度を一変させた。よりによってラシッドが、隣国《りんごく》まで弟の祝福に行ってこいと命じられ——つまり、こちらがしてやられたのである。

（くそ！）

ここに来ることになった経緯《けいい》を思い出すだけで、はらわたの煮《に》えたぎる思いだ。

（もしも逆転の好機があるとすれば、……クレハ・メイベル。『口』の話では、毒の正体を見破ったとかいう娘……）

イザークの婚約者となった彼女は、その弱点ともなりうる唯一《ゆいいつ》の存在だ。

屋敷《やしき》から一歩も出られない、幸薄《さち》い深窓《しんそう》の令嬢だと聞いているが——そもそも、ジョアン・ドゥーエの襲撃を生き延びたことからして不可解だ。そういえば、兄のテオバルト・メイベルよりも前に彼女を殺しておこうと決めたのは、間違ってもイザークと深い仲になるような、こういう事態を避《さ》けるためでもあったのだが。

ゆえにラシッドは、使節に命じられる前から、クレハ・メイベルの身辺は絶えず探らせてきた。

しかし、イザークの『目《ディーダン》』と『耳《シェニダン》』、そしてメイベル公爵の兵を駆使《くし》した防御《ぼうぎょ》が予想外に鉄壁《てっぺき》で、なかなかこれといった情報を摑《つか》めずにいる。どんな手を使って近づこうとしても、すぐに摘発《てきはつ》され、排除されてしまうためだ。

業《ごう》を煮《に》やしたラシッドは、秘密裏《ひみつり》に王都に潜《もぐ》り込ませた直属の暗殺者集団『牙《ファン》』たちを使い、王宮に出向くためにいちばん警護が甘くなるだろう婚約披露の宴席当日に、クレハ・メイベルを暗殺することに決めたのだった。

ただし、王宮内で殺すと足がつく。

その命を質にとって、一緒にイザーク自身も誘《おび》き出《だ》して処分してしまえれば、さらに手っ取り早い。そのためわざわざ国境沿いから王都の都心部に近い町までこうして移り、生かしたまま攫《さら》って連れてこいと命じたのだった。さんざん手こずらせてもらった礼に、この手でこそなぶり殺してやりたかった腹もある。

メイベル公爵令嬢は、生まれつき蒲柳《ほりゅう》の質《しつ》でかぼそく脆弱《ぜいじゃく》だという。人の集まる宴《うたげ》の場にも長くは耐えられはしまい。きっとすぐに下がるから、その機を狙って『牙』を差し向けておいた。

ゆえにそう時間をかけることもなく、クレハ・メイベルは己の目の前に引っ立てられてくる――

はずだった、のだが。

(遅《おそ》いな……)

堅牢《けんろう》な石造りの室内を歩き回り、四角く切り取られた窓から外を見て、ラシッドは顔をしかめた。ここはハイダラの隊商宿を模した頑丈《がんじょう》な立て付けの建物だが、灰色の室内は閉塞感《へいそくかん》を煽《あお》り、ゆううつな気分に拍車《はくしゃ》をかける。

祝宴の開始は、宵《よい》の口《くち》と聞いている。王宮からここまでは、作戦に際して与《あた》えた良馬と、訓練された『牙』たちの足を使えば、三刻かからない程度の距離だ。

しかし、とっくに月は中天を回り、このままでは夜が明けてしまう。

今回は万全《ばんぜん》を期《き》して実働部隊を精鋭《せいえい》に絞《しぼ》り、選《え》りすぐった直属の『牙』ばかりで面子《メンツ》を揃えた。失敗などあり得ない。

（遅い！　何をもたもたしているんだ、あいつらは。万一、宴から下がってからもイザークが同行していた場合は、予定を変えてどちらもその場で殺すように言ってあるのに……）

まったく誤算続きで嫌《いや》になる。繰り返すがラシッドは、この世に嫌いなものが数多《あまた》ある。とりわけ予定どおりに物事が進まないことが、最も嫌いだ。

「おい」

舌打ち一つ。

イライラしたまま愛用の懐中時計《かいちゅうどけい》を睨《にら》んでいたラシッドは、室内を歩き回るのをやめ、長椅子《ながいす》に座って足を組む。それから、近くに控《ひか》えさせていた『口《ファム》』の一人に声をかけた。

「今、エーメ王宮に向かわせた者たちはどうなっている。報告はまだか」

「申し訳ございません。先ほど、急ぎ増援《ぞうえん》を向かわせたのですが、そちらからも連絡がなく……」

「たわけ。遅すぎる。もうこうして待ち始めてから、四刻半と十七秒が経《た》ったぞ。守りの手薄《てうす》になったエーメ王宮からたかだかひ弱な小娘一人連れてくるのに、どれだけ待たせるつもりだ。私の自慢《じまん》だった『口』も『牙』も、これほどに無能揃《ぞろ》いだったのか？　もし失敗でもしてみろ。使えぬ貴様らの首を刎ね、体は犬の餌《えさ》にしてくれるわ」

「も、申し訳ございません……ですが」

「申し訳ない？　ですが？　謝罪も言い訳も要《い》らぬ。私は！　クレハ・メイベルを疾《と》く連れて参れと命じたのだが？」

「は……」

控えていた『口』は、即座にその場に平伏《へいふく》する。ラシッドは椅子《いす》から立ち上がると、うずくまり、戦々恐々《せんせんきょうきょう》というていで縮み上がっているその頭を、容赦《ようしゃ》なく足で蹴りつけた。

「よいか。私は結果を持ち帰らない者が大嫌《だいきら》いだ。今のお前たちのようにな」

ガシガシと踏《ふ》み躙《にじ》りながら、畳《たた》みかけるように「本当にわかっているのか」と怒鳴《どな》りつけ、ラシッドは口角に浮いた泡《あわ》を乱暴に拭《ぬぐ》った。

一方、同じ室内で、護衛として壁際《かべぎわ》に立っていた『牙』たちは静かなものだが、覆面の下の表情がどうなっているかはさだかではない。

（ええい業腹《ごうはら》な。どいつもこいつも使えぬ者ばかりだ。クレハ・メイベルを始末したら、故郷に帰って面子を早々に総取り替えしてくれる……！）

歯の痕《あと》がつくほどますます爪を噛み、目の前で低く呻《うめ》きながら這《は》いつくばる男の頭を幾度も踏んでいたラシッドだが、ひとしきり時が経つと気がすんできた。

彼が「もういい」と、足を引いた瞬間である。

「部下を土下座《どげざ》させた上から足で踏むって。パワハラにしても言語道断《ごんごどうだん》すぎない？」

突如《とつじょ》、――室内に、聞き覚えのない女の声が響《ひび》いた。続けて、「ロウキ法どころか刑法《けいほう》モノなんだけど」という、得体の知れぬ台詞もある。

「……!?」

確実に宿の女中ではない。

すうっと頭が冷え、ラシッドは「何者だ」と短く問いがてら、部屋の中央で待機する。

代わりに、壁に控えていた『牙』たちが一斉《いっせい》に武器を抜き、四方に散った。

「何者って……そもそも私を呼んだのそっちじゃない。あと、巻《ま》き添《ぞ》え危ないから、ちょっと後ろに下がっといた方がいいよ」

女の声は軽い調子で告げると、そこで一度沈黙《ちんもく》する。

互《たが》いに目を見交《みか》わし、姿なき相手の動きを警戒《けいかい》しつつ、『牙』の一人が窓に駆け寄《よ》ろうとした瞬間だった。

「せーの、――一日一善《いちにちいちぜん》!!」

女の声が謎《なぞ》の標語を叫《さけ》ぶとともに、ドゴン、と轟音《ごうおん》が響く。

大地が割れたのかと思った。

(ひっ⁉)

凄《すさ》まじい衝撃《しょうげき》に足元を揺《ゆ》さぶられ、ラシッドは思わず背後の壁に縋《すが》りつく。次いでガラガラと何かが勢いよく崩《くず》れ落《お》ちる音が続き、土煙《つちけむり》とともに、空気の淀《よど》みがちな室内に、ひやりと新鮮《しんせん》な夜の外気が吹き込んでくる。

やがて白っぽい埃《ほこり》が収まると、窓のあったはずの場所には白い三日月を背にした、小柄《こがら》な影《かげ》が佇《たたず》んでいた。

ちなみに、足元には砕けた積み石がゴロゴロと転がっている。

ややあって気づいたが、窓がやけに広くなって――否《いな》、窓どころか、分厚い壁が丸ごとなくなっているのだ。

「……⁉」

何があった。

声もなく瞠目《どうもく》するラシッドににっこりと微笑みかけると、目の前に立つ『それ』は、

「こんばんはぁ」と高く結《ゆ》わえた金色の長い髪を揺らしてゆうゆうと膝《ひざ》を折ってみせる。

（だ、誰だ？　いや……）

紛れもなく女である。年も若い。何より、馬丁《ばてい》のような粗末《そまつ》な身なりをしているが、間違いようもない。直接の面識はないが、似顔絵ならば見たことがある。

確かにここに「呼ぶ」予定だった相手だ。だが、こんな形でとは予期していない。

「というわけで、ご招待ありがとうございます、ラシッド殿下。せっかくお招きいただいて、応じないわけにもいきませんものね？」

呆気《あっけ》に取《と》られて固まるラシッドに向け、飄々《ひょうひょう》と言ってのけると。

黒手袋に覆《おお》われた己の片拳を眼前に掲《かか》げたその女――クレハ・メイベルは、およそ病弱とも薄幸とも優雅とも程遠《ほどとお》い、不敵な笑《え》みを浮かべてみせたのだった。

（こいつがラシッドね。……へえ）

後ろから押すように吹き込んでくる風に、長い髪を煽られつつ。

呉葉は、呆然《ぼうぜん》とした様子でこちらを睨む男を見据《みす》え返した。ドレスだったらスカートの端をつまんでエレガントに挨拶したものだが、今はシャツにズボン姿なので諦《あきら》める。

背中まで届こうかという長い黒髪《くろかみ》に、金色の瞳。いつもイザークが身に着けるような中東風の意匠《いしょう》がより極立った、金糸で縁取《ふちど》られた黒っぽい服。よく日に焼けた濃い色の肌《はだ》で、顔は整っているものの、細めの輪郭《りんかく》や尖《とが》った顎《あご》、厚い唇《くちびる》や日立つ鼻筋などが、やや癇性《かんしょう》な印象を与える。

イザークの腹違いの兄だというが、黒髪であること以外、さほど似ていない。もっとも、呉葉は呉葉で生前あまり弟と似ていなかったから、人のことは言えないかもしれないが。名前のとおり柔らかな印象の容貌《ようぼう》をしていた弟——優希《ゆうき》に比べて、当方、ガタイも顔も野生動物寄りだった。

「クレハ・メイベルか……？」

信じられないように呟《つぶや》かれたその言葉から、相手が、こちらの正体を正確に把握《はあく》していることも判明した。——よくわかったな、と正直ちょっと感心した呉葉だ。現状、間違っても病弱な貴族令嬢の登場の仕方ではない自覚はあるもので。

「……まあすごいことになるだろうとは思ってたけど。あんたの新しい力、予想以上の威《い》力《りょく》だよな」

一方、バルコニーのやや離れた位置に控えて呉葉の破壊活動《はかいかつどう》を見守っていたイザークが、遅れて部屋に踏み込んでくる。「だよねえ」と言われた方は頭を掻《か》く。

（ほんと、たとえとして出した建物の解体工事を、実行することになるとはね！）

正直、ひと様の所有不動産に不法侵入《ふほうしんにゅう》をかました上に損壊《そんかい》するなんて、普通に考えれば人間としてあり得ない悪業《あくごう》だが、この宿がラシッドと彼の『口』たちにエーメでの活動拠点として便宜《べんぎ》を図《はか》っていたのはこちらも調査済みなのである。気分は池田屋《いけだや》に踏み込む新撰組《しんせんぐみ》だ。

「お前は……い、イザーク⁉」

なお、久々に見《まみ》える弟のここでの登場に、ラシッドはよほど面食らったらしい。太い眉《まゆ》根《ね》をぐっと絞って、「なぜ、貴様がここに……」と奥歯《おくば》を噛み締めている。

もっとも相手も、自失していたのはわずかな間だけだったようだ。

「……殺せ！　どちらもだ」

右腕《みぎうで》を薙《な》ぐように突き出し、鋭《するど》い声音《こわね》で周囲に命じる。同時に、彼を守るように展開していた黒服の男たちが、瞬《また》く間《ま》に距離を詰めてきた。

目視できる限り、だだっ広い室内に護衛の『牙』が総勢でざっくり十五人、というところだろうか。もう少しいるかもしれない。さすがプロの暗殺集団、気配を消すのが抜群《ばつぐん》にお上手でいらっしゃる。

（疾《はや》い！）

迫《せま》るナイフが、金色の髪の毛先《けさき》を数筋切り飛ばしていった。先ほども相対したばかりの『牙』たちだが、その得物は初回の襲撃時と同じ、暗器系の短剣《たんけん》類に比重が寄っているらしい。

（ああもうクレハちゃんの髪の毛によくも！）

一撃目《いちげきめ》を横ざまに避けると、呉葉は身を低くして相手の足を払った。体勢を崩させたところで延髄《えんずい》に肘鉄《ひじてつ》を見舞いがてら武器を奪《うば》い、それを使って後ろから襲《おそ》いかかってきたもう一人の刃《やいば》を受け流す。

そして、こちらに向かってきた相手の勢いを活《い》かし、その股間《こかん》に情け無用で膝を突き込んだ。急所狙いの外道《げどう》だが、あいにくと手段を選んでいられない。

悲痛な呻《うめ》き声《ごえ》をあげて倒れた二人目には目もくれず、やや怯《ひる》んだ様子の三人目の顎を掌底《しょうてい》で弾《はじ》き飛《と》ばす。脳を思いっきり揺らされ、覆面から覗《のぞ》く眼球がグルンと白く転じるのを確認した。

予想外だったのは四人目で、珍しく流星錐《りゅうせいすい》と呼ばれる鎖《くさり》付《つ》きの分銅《ふんどう》の使い手だった。ナイフが来るかと思いきや、顔面を潰しにきた鉄球に、呉葉は息を呑む。

「クレハ、後ろに！」

イザークの声にはっと我に返って目いっぱい飛《と》び退《の》くと、顔の横を凶器《きょうき》が掠《かす》めていく。一発でも食らっていたら脳まで抉《えぐ》られてジ・エンドだった。

入れ替わりに、すかさずイザークが前に出た。オレンジ色の明るい輝きがパッと視界で爆《は》ぜ、熱気が肌を刺《さ》す。流星錐使いの『牙』が悲鳴をあげて顔を押さえたことで、彼の熱魔法が、その視界を封《ふう》じたのだとわかった。

そこで一息つける暇もなく。すかさず次は、ぎらりと輝く白刃《はくじん》が、別の方向からすぐ目の前に迫っている。

「うわっ！」

前世で言うところのククリナイフは、ネパールやインドあたりを発祥《はっしょう》とする刀剣《とうけん》で、薙ぎ払う威力にかけては他に類を見ない。かつて四十人の強盗団《ごうとうだん》を、ククリを使う兵が一人で撃退《げきたい》したという逸話《いつわ》もあるほどだ。

使い慣れた武器を繰り出す『牙』たちはさすがの熟練度で、避けきれない速度で斬撃《ざんげき》を顔面に向けて放たれ、呉葉は思わず目玉の一つも失う覚悟《かくご》をした。

しかし。

「させるか！」

ぐん、と腕を摑まれて後方に引かれ、呉葉は逆らわずに従った。顔の真上を刃が通り過ぎると同時に、すんでのところで呉葉を窮地《きゅうち》から救ったイザークが代わりに一歩出る。

短い呼吸音ひとつを気合代わりに、イザークはククリナイフ使いの『牙』に足払いをかけ、バランスを崩した相手の腋《わき》に肩《かた》を入れて胸《むな》ぐらを摑む。そして、そのまま懐《ふところ》に入るや否《いな》や、――次の瞬間には『牙』の男は、弧《こ》を描いて宙を舞っていた。

どすん、と壁に大きなものがぶつかる音が鳴る。

（うわ。綺麗な背負い投げ）

思わず呉葉は感嘆《かんたん》した。

自然な動作でイザークが決めたのは、言うまでもなく日本の柔術技《じゅうじゅつわざ》で、つまりは鳴鐘《なるかね》流《りゅう》由来だ。上達が早いと思っていたけれど、もうこんなレベルまで。

「助かったイザーク！　死ぬかと思った！」

「気にすんな。そっちであと二人頼《たの》む」

一度だけ、わずかな間のみ、呉葉はイザークと背中を合わせる。色気のかけらもない業務連絡《ぎょうむれんらく》を小声で短く言い交わしたのち、それぞれ別の方向に向け同時に地を蹴った。

拳を振るって残りも片付けつつ、呉葉は新鮮な昂揚《こうよう》を感じていた。

（さっき王宮で戦った時もだけど。イザークと共闘《きょうとう》してるのって、すっごく楽！）

楽、というより――楽しい、が正解かもしれない。

基本的に、根っから切り込み隊長気質ならぬ「ガンガン行こうぜ」な呉葉に比べ、彼は慎重に場を見極めて、適切にサポートに回ってくれるのだ。

（痒《かゆ》いところに手が届くっていうか……ジョアン戦の時もだったけど、イザークと一緒だとやりやすいなあ）

武術も魔法も、共に修行を積んできたおかげかもしれない。今までにない感覚に、胸が高鳴る。

そうこうするうち、一人、また一人と順調に制圧し、とうとうその場に立っているのは自分とイザーク、そしてラシッドの三人だけになった。焦げ臭いにおいが鼻をつく。イザークの炎が敵を死なない程度のミディアムレアに焼き払ったせいだろう。

剣も使って応戦したのか、月刀を引《ひ》っ提《さ》げて倒した者たちの様子を注視する相方に倣《なら》い、呉葉も己の築いた屍々累々《ししるいるい》――いや、断っておくと一人も殺していないけれど――を確かめた。よし、全員きれいに伸《の》びている。

「押忍《おす》、お手合わせありがとうございました」

乾いた唇をぺろ、と舐《な》め、呉葉は一応、対戦相手に小声で礼を尽《つ》くす。こればかりは現代日本出身の武闘家《ぶとうか》だった名残《なごり》である。

（さて）

逃《に》げる暇《ひま》もなかったらしい。

壁際まで後退して、何があったのかわからないといった風情《ふぜい》でこちらを凝視しているラシッドに向き直り、呉葉はにっこりと微笑みかけた。

「ラシッド殿下、どうなさいます？　ご自慢の『牙』、お名前に違《たが》わずなかなか咬《か》みごたえはありましたけれど。ご覧のとおり、皆さま倒されてしまわれましたわね。ちなみに、エーメの王宮に差し向けてくださった他のかたがたは、とっくにお縄についてらっしゃいましてよ。この場所は、そちらにお聞きしましたの」

使い捨てではない腹心の『牙』に関しては、身元が割れればまずいのではありませんこと？　――と。口調ばかりはお嬢様風《じょうさまふう》で、呉葉はいけしゃあしゃあと脅《おど》しつける。

そして、内心では快哉《かいさい》を叫《さけ》んでもいた。

（囮《おとり》作戦、こんなにスムーズに行くなんて！）

クレハとイザークが婚約披露をするパーティーにラシッドを呼びつけ、なし崩しにエーメ王宮のそばまで誘《おび》き寄《よ》せる。

こちらのテリトリーに踏み込むことをラシッドは当然嫌い、王都入りより先に理由となるクレハを排除しようとするだろう。わざと隙《すき》を作って控室《ひかえしつ》の位置を洩《も》らし、向こうが直接刺客《しかく》を送り込んでくるのをあらかじめ待ち構えていたのだ。

（イザークが、この人は不測の事態がダメだって言ってたけど、ほんとだったんだ）

呉葉とイザークの急襲《きゅうしゅう》を受けた途端、こうしてあっという間に取り押さえられてしまったところを見ると、不意打ちはなかなかの弱点だったらしい。

――もっとも、テオバルトが知ったらまた卒倒《そっとう》しそうな状況ではある。

控室は護衛で油断なく囲むという前提で進めていた作戦だったので、妹と親友が二人だけで刺客を迎撃《げいげき》し、あげくの果てに王都の外まで討《う》ち入《い》りをかましに行くなどというのは、きっと彼には想定外に違いない。

（お兄さん、控室がもぬけのからなの気づいてるよね……？）

今頃、心配性《しんぱいしょう》なテオバルトが、縛《しば》り上《あ》げた暗殺者の群れと置き手紙を残して消えてしまった呉葉たちを血眼《ちまなこ》で捜しているかもしれないと思うと、一刻も早く戻らなければと焦《あせ》るばかりだ。

「なんだこの……化け物みたいな女は……」

そこで。

狼狽《ろうばい》しきった震え声に、しばし考え事をしていた呉葉は目を瞬《まばた》いた。

誰の呟きかなんて言うまでもない。

奥壁《おくかべ》に背を預けたラシッドが、こちらを憎悪《ぞうお》の眼差《まなざ》しで睨みつけている。それでも虚勢《きょせい》を張れるところは素晴《すば》らしいと呉葉などは思う。化け物はちょっと言い過ぎではないかと物申したいけれど。

（まあ、選りすぐりの私兵を目の前で全員瞬殺《しゅんさつ》KOされたら化け物扱いにもなるか）

広義で「お強いですね」と同じ意味なので褒め言葉と受け取ることにした呉葉に、ラシッドは唾《つば》を飛ばしながら叫んだ。

「第一、メイベル公爵令嬢は病弱という話ではなかったのか……！」

「当家お抱《かか》えの主治医はたいへん優秀《ゆうしゅう》ですの」

メイベル家の侍医《じい》で爺《じじい》なジイーンさんのふっさり白髭《しらひげ》を蓄《たくわ》えたお顔を思い浮かべつつ、呉葉はしれっと微笑んだ。実際に素晴らしいお医者さんではあるので、間違ったことは言っていない。真実を知っているイザークが、「そういう問題か……？」と隣で呆《あき》れた様子を隠しもせず眉間を揉《も》んでいるが、気がつかないふりをしておいた。

「というわけで、あんたの負けだぜ、ラシッド兄上。ご自慢の『牙』は、王宮に来たぶんもまとめて引っこ抜かせてもらったし、そっちも全員、生かしたまま王宮の警吏《けいり》に引き渡してあるぞ。これだけ騒《さわ》ぎになったんだ。もうすぐここにも衛兵が来る」

証拠《しょうこ》も挙《あ》がってるから観念しろ、と脅しつけるイザークに、ラシッドは憎々《にくにく》しげに舌打ちしたが。

そこでふと、表情を消して押し黙った。

（？　どうしたんだろ）

首を傾《かし》げる呉葉の前で、「ふっ……」と鼻を鳴らすと、彼は唇を歪《ゆが》めてみせた。

「で？　この私になんの用だと？」

「なんの用って……」

「私は〝慣れぬ旅路に体調を崩して〟この宿に留《とど》まっていただけだ。お前たちの婚約披露の祝宴だかなんだかに呼びつけられてエーメ入りしたわけだが、こんな手荒《てあら》い歓待《かんたい》を受けることになるとは思ってもみなかった。友好のための使節団をこのように襲うとは……これはエーメの我が国に対するひどい侮辱《ぶじょく》ではないのか？」

「いや何言ってるんだ？　今そこで伸びてる『牙』はみんな兄貴の腹心だし、そもそも王宮に捕《と》らえてある連中の口を割らせれば、あんたの企《たくら》みなんて一発でバレるぞ」

「それはどうかな」

見たところ、お前たちは二人だけで来たようだな、とラシッドは幾分《いくぶん》か余裕《よゆう》を取り戻した様子で胸を反《そ》らした。

「ここであったことや話したことは、要するに、お前たちと私たちの間だけのものに過ぎないということだろう。『あってもなかったこと』も同然だ」

「……この状況でよく大口が叩けるよな」

顔をしかめるイザークに、ややあってから、ラシッドは「それはそうだろう」と片眉《かたまゆ》を上げた。

「この状況だからこそ。大勢の兵で襲撃をかけた方が、武力においても証拠の意味でも、あらゆる点で明らかに有利であるにもかかわらず、だ。それでもお前たちが二人だけでやってきたのは、この状況のどこかに、『他の人間に知られるとまずい事柄《ことがら》』が含まれているからなのだろう？　内容までは知らんが、例えば……そうだな。さしずめ、他国に聞こえてくるまで病弱と噂《うわさ》のそこなご令嬢が、これほどお転婆《てんば》なこと、あたりか？」

「！」

大正解だ。

思わずぎくりとする呉葉の様子を見て取ったのか、「図星か」とラシッドは笑った。

「ついでに言っておくが、私の『牙』たちは完璧《かんぺき》だ。捕《つか》まっても一定の時が経てば、身の内に仕込んだ特製の毒で自決するように訓練されている。ろくな情報は得られまいよ」

捕まった『牙』たちは、己で己の落とし前をつけるだろう。欠員はいくらでも補充《ほじゅう》できる。だから大した問題にならない。ラシッドはそう告げる。

それに、と。

酷薄《こくはく》に片頬《かたほお》を上げ、ラシッドはゆっくり含めるように付け加えた。

「イザーク、お前——姉を助けたいのではないのか？」

「……っ」

今度は、イザークの緑色の眼が見開かれる。

「まだ目覚めていないのだろう？　当然だ。あれはそういう風に魔力で調整したものだからな。こうしている間も、呪《のろ》いはアイシャの体を蝕《むしば》み続《つづ》けている。あの毒に組み込んだ術式は、私以外には絶対に解けん」

「……」

「私をエーメに突き出す？　好きにするがいい。だがこちらも黙《だま》ってやられるのは癪《しゃく》でな。意趣返《いしゅがえ》しの一つもさせてもらう」

アイシャの命が惜しくば、このまま黙って立ち去れ。さもなくば、絶対に口を割ることはない――とラシッドは目を細める。

「ちょっと！　アイシャお姉さまはあなたの妹ではないの⁉　その命をそんな風に盾《たて》に取るなんて！」

あまりの非道に、呉葉も思わず叫び返す。

これに対し、「は？」とラシッドはせせら笑った。

「妹？　せっかくの正妃腹の皇女をこんなところで失うのは、確かに惜しくはある。生きていれば何かと使い道があるからな。しかし、どのみち私にとって役に立たないなら、死のうが生きていようが変わらんことだ。アイシャにとっては正《まさ》しく無駄《むだ》死《じ》によなあ」

ラシッドの声は、冷えきって平淡《へいたん》なものだった。

「で、どうする？　イザークよ。最愛の姉を見殺しにするか？　ん？」

（なんって奴……‼）

あまりのやり口に、呉葉は思わず言葉を失う。

貴様の血は何色だと問《と》い質《ただ》したくなる思考回路だ。いかにここが異世界で、異国異文化の住人であろうと、それだけが理由ではないだろう。同じ境遇《きょうぐう》で育ったはずのイザークやアイシャを知っているからこそ、余計に。

何より気味が悪いのは、脅しの卑劣《ひれつ》さに見合わずラシッドの態度が心底「それがどうした?」とでも言いたげな自然さで、悪びれずにいるところだった。ここまで追い詰められて大胆不敵《だいたんふてき》でいられることより、よほど理解しがたい。

(どうしようイザーク、こんなこと言ってるけど……)

助言を求めるように、呉葉はちらりとイザークの顔を見やる。

きっと彼も、自分と同じく嫌悪《けんお》をあらわにしているか、ひどい渋面《じゅうめん》を作っているだろう。そう疑ってもいなかったのだが。

(——え?)

思わず呉葉は息を呑んだ。

イザークの浮かべた表情が、予想していたどれとも違ったからだ。

「……だろうな。あんたならそう言うと思ってたよ」

彼は、薄《うす》く笑っていた。

それも、ミントグリーンの瞳に一片《いっぺん》の愉快《ゆかい》さも宿さず、唇だけをわずかに歪めるようにして。

「安心したよラシッド兄上。七年も会ってないってのに、相も変わらずあんたがどうしようもないクズでさ。……そのほうが、心置きなく潰せるだろ」

瞬間。
「イザーク……？」
聞いたこともないほど冷《ひ》え冷《び》えとしたイザークの声音に、呉葉の背筋がぞわりと凍《こご》えた
彼は窓側から、奥壁に背をつけたラシッドに向けて一歩踏み込むと、上向けた手のひら
の上に火球を出現させる。ぎょっとしたラシッドが壁伝いに逃げようとするのを、先手を
打って炎の壁が塞《ふさ》いだ。
退路を絶たれ、苦い表情でこちらを振り向くラシッドに、イザークははあっとため息を
ついて告げる。
「あのさ。……あんたの俺への嫌がらせの根っこにあるの、嫉妬《しっと》らしいな」
「なっ……！　口を慎《つつし》め、蛮族《ばんぞく》の先祖返りが！　誰が貴様などに！」
「なんだ、半信半疑《はんしんはんぎ》だったけど本当にそうだったのか。よくわからないな。一体、俺の何
をそんなに嫉《そね》んできたんだ？　自分が、他人をいいように使うばかりで自身は大した力を
持たない無能だからか？　それとも魔力の属性がハイダラ皇統の長子なのに土だから？
御前試合でも俺に負け続きだったから？　いずれにしてもしょうもない……。帝位になん
か興味はないが、その器《うつわ》の小ささじゃ、さすがに玉座《ぎょくざ》にはふさわしくないよ」
彼がそう吐《は》き捨《す》てた瞬間、天井まで舐《な》めていたオレンジ色の炎が消え、わずかな火の粉
を残して熱気が霧散《むさん》する。

「う、ぐっ……」

奥歯を砕《くだ》けそうなほど噛み締めているらしいラシッドに比べ、イザークの表情は冷静そのものだ。その落ち着きが、呉葉には逆に底知れない不気味さを見えさせた。

(どうしたんだろう。なんか、……い、イザークじゃないみたいな)

そういえば、前にも似たようなことがあった気がする。

たしかあれは、ジョアン・ドゥーエを相手に異空間で戦った時だ。合成獣《キマイラ》の群れを一瞬《いっしゅん》で消し炭《けずみ》にしたあと、ジョアンを捕縛《ほばく》する縄がないからとその手足を容赦なく切り落とそうとしていたイザークは、こんな表情の抜け落ちた顔をしていた。

一方、ラシッドにとって、「イザークに嫉妬《しっと》している」という事実は、地雷《じらい》以外の何ものでもなかったらしい。

目を背けてきたことを、当の本人から指摘《してき》されて、赤くなったり青くなったりなラシッドに、大股に歩み寄ると。イザークはその頬を、思いっきり殴《なぐ》り飛《と》ばした。

べきっ、と鈍《にぶ》い音が室内に響き渡る。

呉葉が呆気に取られている間に、呻きながら床《ゆか》に倒《たお》れ伏《ふ》す異母兄の上へかがみ込んで、イザークはその腕を掴み上げる。

(え、ちょっと待ってよ)

そのままラシッドの肩を足で踏んで固定し、表情ひとつ変えず、無造作に関節を逆に捻《ひね》る。いわゆる腕ひしぎの応用だが、骨ごと軋《きし》むような鈍い音に、呉葉は青ざめた。

――武闘家の端くれで、ついでにイザークと組手修行をそれなりの期間共にしてきた身なのでわかる。間違いなく彼は、一切の手心を加えていないどころか、なんならへし折るつもりだ。

「ぐああ！　くそっ、放せ！」

たまらず身を折って濁《にご》った絶叫《ぜっきょう》をあげるラシッドの腕を離さず、イザークは今度は、その爪の一枚に指先を当てた。

「とりあえずこのままエーメ王宮に連行して、拷問《ごうもん》で吐かせるしかないか。こっちが本気だとわからせるには、手始めにここでもう少し痛めつけといた方がいいんだろ？　それがお望みだってことだよな、ラシッド兄上」

人間の爪の下には神経が集中しており、眼球や歯と並んで「傷つけられると人体で最も痛い部位」の一つだ。

そんな急所に、ごく自然な仕草で力をかけながら、驚愕《きょうがく》と苦悶《くもん》とをないまぜにした顔をする兄に向け、イザークは淡々《たんたん》と告げてみせた。

「俺だって、自分の身内の落とし前は自分でつけるさ。……別に尋問の相手は、必ずしも『牙』じゃなくてもいいわけだしな」

激痛に呻くことすらできなくなったラシッドの人差し指が、いよいよ不穏な音を立て始めた、その時。

「……っイザーク、そこまで！」

思わず呉葉はそちらに駆け寄り、イザークの腕を摑んで止めていた。

「クレハ？」

怪訝《けげん》そうに眉根を寄せたのはイザークで、ラシッドの方は痛みに息も絶え絶えであり、声もない。

「なんで止めるんだ。こいつの言いぐさ、あんたも聞いていただろ。……こういう奴なんだよ。ここで情けをかけても、なんの利にもならない」

「違う違う！　情けをかけるとかじゃなくて！　何もイザークがそんなことする必要ないって言ってんの！」

「いや、俺だからだろ」

焦りのまま言い募《つの》る呉葉に、不思議そうにイザークは返してきた。

「テオにも、エーメ王国にも……あんたにもひどい迷惑《めいわく》をかけた。俺の、身内の恥だ。俺こそが処理しなくちゃならない問題なんだ」

感情の見えない、どこかほの暗い眼差しで、「わかったら下がっててくれ」と、粛々《しゅくしゅく》と拷問の続きをしようとするイザークに。

（それは……）

すっかりと覚悟の決まったその気迫《きはく》に、思わず引き下がりかけた呉葉だったが。

――〝血を分けた兄弟を殺して得た玉座なんて、俺はごめんだね〟

ふと。

以前に彼が言った台詞《せりふ》が脳裏《のうり》に浮かび、再びカッと頭に血が上った。

ついでに最近知ったことだが、呉葉はどうも、怒《おこ》ると逆に心が凪《な》ぐタイプであるらしい。

すうっと冷えた思考のまま、よりきつく、イザークの腕を掴む手に力を込めた。

「ダメだよイザーク」

唇を噛み、呉葉はイザークの顔を見据えた。

「やっぱりそれ、イザークがしちゃダメだと思う。……嫌なものと戦うために、自分まで嫌なものに成り下がることないんだよ」

「……クレハ」

ぐっと一度眉根を寄せたあと、イザークの目から剣呑《けんのん》さが消えた。

ようやくいつもの彼らしくなったその気配にホッとする呉葉のそばで、やや痛みが引いたらしいラシッドが、どうやら命拾いしたことに肩の力を抜く様子も見て取れる。

――甘い。

ニコリと微笑むと、呉葉はあえて明るく続けてみせた。

「それに、適材適所《てきざいてきしょ》って言うじゃない。尋問《じんもん》だったら、たぶん今は、私の方が向いてると思うし」

「へ？」

「というわけでごめん、ちょっと私に任せてくれるかな？」

戸惑《とまど》うイザークを制して、ズイッと自分が前に出ると、呉葉は床に落ちていた適当なナイフを一つ拾い上げた。

刃先《はさき》で己の腕に適当にぷつりと軽く傷をつけると、紅《あか》い玉状に血が膨《ふく》れてくる。

「イザーク、お兄さん起こして押さえといて。あ、上半身だけでいいよ」

「？　わかった」

「お、おい……やめろイザーク。何をする気だ化け物女」

疑問符《ぎもんふ》を頭上に浮かべつつも、言われたとおりに兄を背中から羽交《はが》い締《じ》めにするイザークに礼を言ってから、途端に戦々恐々《せんせんきょうきょう》とし始めるラシッドの顔面をむんずと掴み、呉葉はその顎を無理やり開かせる。

それから彼の口に、滴《したた》る血を数滴《すうてき》含ませた。

「⁉　……⁉」

わけがわからないまま、溜《た》まった唾液《だえき》と一緒に血が嚥下《えんか》される。目を白黒させるラシッドの喉仏《のどぼとけ》が上下するのを確認してから、呉葉はパッと手を離す。

（この宿って、四角い形になってて、屋上が平らだったよね……結構な高さもあったし。外付け階段もたしか見かけたから、上がれはするはず）

砂色の頑丈な壁を持つコの字形の巨大《きょだい》な建物で、前の世界でも、いかにも中東あたりにありそうな構造だった。世界史の教科書か何かで見た、隊商宿《キャラバンサライ》とかいう名称《めいしょう》だったような。

このあと取るべき行動を頭の中で軽く予習したのち、呉葉はうん、と頷いた。

それから、「お兄さん解放してあげて」とイザークに頼む。

「さて、ラシッド殿下」

両腕《りょううで》が自由になった途端、手の痛むところを抱え込むようにかばうラシッドに、呉葉は微笑んで告げてみせた。

「お逃げいただいてよろしいですわよ」

「な……んだと？」

「用はすみましたし、わたくしたちは追いかけませんから。ご自由になさって。どうぞ、遠慮《えんりょ》なくその出口からお外に」

言いながら背後の扉を示すと、ラシッドはわずかに戸惑いを見せる。

しかし、何が何だかわからないなりに、危地《きち》は脱《だっ》したらしいと判断したようだ。わずかに逡巡《しゅんじゅん》したのち、くるりとこちらに背を向けて駆け出していく。

石張りの廊下《ろうか》を靴音《くつおと》が遠ざかっていくのを聞きながら、ふうっと息を吐く呉葉に、「クレハ……⁉」とイザークが焦ったような声をあげた。

「なんで逃《のが》すんだ。あいつを押さえないと、どうしようもないのに」

「別に逃がしてないよ」

「いや現に逃げただろ⁉　早く追わないと……！」

「ううん、私たちが行くのはあっち」

ラシッドのあとに続くように荒《あ》れ果《は》てた部屋から出つつ、呉葉は人差し指をすっと上に向けた。

理解しがたいといった様子で「は？」と眉《まゆ》を顰《ひそ》めるイザークに、呉葉は「ちゃんと考えがあるから」と笑ってみせた。

「心配いらないよ。わざわざ追いかけなくても、向こうから来てもらうもの」

新たな能力『重力操作』による派手な破壊活動のおかげで、下は結構な騒ぎになっているらしい。

やがて入れ違いにバタバタと人が駆け込んでくる気配に背を向け、呉葉はイザークと共に、宿の屋上に踏み込んだ。

（さてと。ラシッドはどのあたりまで逃げたのかな）

今日使うのは重力操作だけのつもりだったけれど、予定変更《へんこう》だ。

だだっ広く平らな屋上には、ぐるりと周りに石積みの分厚い胸壁《きょうへき》――よく海外のお城などに見受けられる、凸凹《でこぼこ》した背の低い壁囲いのこと――が巡らされている。その一つを適当に選んでよじ登り、呉葉は縁《へり》から下を見下ろした。

強い風がびゅうびゅうと吹き上がってきては、金髪《きんぱつ》や衣装を乱していく。そして、ワンフロアあたりの天井が高いつくりの建物だけに、地上までの距離もそれなりにある。三階建てだそうだが、日本の一般的なマンションで言えば六階分くらいには相当するだろうか。下に植えられた棕櫚《しゅろ》や棗椰子はもちろん、行《い》き交《か》う人々も豆粒《まめつぶ》に見える。

見晴らしが良くて爽快な眺望《ちょうぼう》だ。要するに、「落ちたら普通に死ぬ」高さである。そういえば「バカと煙《けむり》は何かと高いところに上りたがる」と、前世で父に言われた気がする。そんな父こそが、高いところが大好きだったけれど。

（うん。いい感じに怖《こわ》い）

よしよしと頷いていた呉葉に、後ろで止めるに止めかねていたイザークが、いよいよ堪《こら》えきれずに声をかけてきた。

「そんなとこいたらあんたでも危ないぞ、クレハ！　何する気だ？」

「平気平気。あと、これから私がやることに、適当に話を合わせてもらえたら嬉《うれ》しい」

振り返ってサムズアップすると、相手には「無茶すんなよ」と渋《しぶ》い顔をされた。

イザークはどんな時でもイザークだな、と呉葉は苦笑する。前世で同じことをしても、同僚《どうりょう》か後輩《こうはい》あたりに「見ろ人がゴミのようだって感じっすか？　案外似合うかも」「鳴鐘《なるかね》さん、立つのは勝手だけど適当に飛び降りて下の人間を踏み潰さないようにしてくださいね」と忠告されるくらいだろうから、普通に心配してもらえるのが不思議なようなくすぐったいような。

（――さて）

呉葉は胸壁に立ったまま、何もない中空に向けて右腕を突き出す。

そして、だいぶ使い慣れてきたもう一つの力の出番である。パッと開いた手のひらの先に、イメージどおりのものを出現させるべく意識を集中させた。

何か一つ、「自分の持ち物」を渡した相手を、瞬間的に手元に呼び寄せる。それが、最初に呉葉が身につけた魔法の力だ。

この能力は、対象は生物か無生物かを問わず、また、渡す物も「自分のものだ」と呉葉が認識《にんしき》していさえすれば中身は問わない。

——例えばそれが、ラシッドに飲ませた自身の血であっても。

大きく息を吸い込むと。

（そーれっ）

「勧善懲悪《かんぜんちょうあく》！」

実家の鳴鐘道場にあった道場訓《どうじょうくん》を気合代わりに叫んだ瞬間、呉葉の目の前には、先ほど逃げ出したはずのラシッドが忽然《こつぜん》と出現していた。

「……!?」

当たり前だが、相手は何が起こったか理解していないらしく。

急に出てきた呉葉の顔に驚《おどろ》いたあと、己の足が踏みしめていたはずの地べたが何もない虚空《こくう》に変わっていることに——ついでにその高さが、落下した瞬間に命を落とすのが確実なものであることに気づき。

ラシッドは、声にならない悲鳴をあげた。

「よっと」

その服の胸ぐらを難なくキャッチすると、呉葉はじたばたもがいて逃れようとするラシッドに、「あら、暴れないでいただきたいですわね」とにこやかに促《うなが》した。

「腕が疲れて、うっかり指が離れてしまいそうになりますもので」

「ひ……」

忠告を受けて、ラシッドは急に大人しくなる。実は重力操作の能力もこっそりと使っているので手にかかる負荷《ふか》はそんなでもないのだが、あえて言う必要もなさそうなので黙っておいた。

それにしても、傍目《はため》に見ればなかなか壮絶《そうぜつ》な絵面《えづら》である。大の男を軽々と片腕《かたうで》だけで屋上から宙吊《ちゅうづ》りにする、華奢《きゃしゃ》なご令嬢の図。そこに加えて遮《さえぎ》るもののない横殴《よこなぐ》りの風。遊園地の絶叫マシーンのコンセプトに使えそうだ。お題は『お嬢様のお仕置きタイム』とか。

後ろで「まじで……そう来たか」の一言を残して同じく絶句しているイザークの視線を感じながら、呉葉は、震え上がって大人しくぶらんと宙吊りにされたラシッドに語りかけた。

「先ほど、あなたにわたくしの血を飲ませましたわよね。これであなたの身柄《みがら》、いつでもわたくしの好きなところに移動させられるようになりましたの」

「……!?」

「それどころか、ちょっとした気まぐれで心臓を止めたり、なんなら体を勝手に操《あやつ》って思ってもないことを言ったりさせたりすることもできましてよ。それがたとえ、あなたにとってどんなに都合のよくないことでも。全て強制的に、……ね」

後半ははったりである。

呉葉の力はあくまで「自分の持ち物を手にした相手を、すぐそばに呼び寄せる」だけであって、そこまで万能ではない。しかし、言われた方にそんな判断がつくわけもなく。

息苦しさと、物理的な命の危機から青ざめていたラシッドの顔から、別の意味でも見るからに血の気が引いていくのがわかった。

「お疑いなら、試《ため》してご覧になります……？」

にっこり微笑んで、正面から片腕一本で軽々と己を吊り下げている女に、いよいよラシッドも観念したらしく。

舌打ち一つと、肺の底から空気を浚《さら》うようなため息のあと。腕に感じる重みから、彼がだらりと全身から力を抜くのがわかった。

「……何が望みだ」

「他ならぬご自分の意思で、これからわたくしが申し上げる二つのことを、どちらも実行していただきたいのです」

無理やりではあまり優雅ではございませんもの、と。

言葉とは裏腹に、およそエレガントとは程遠い仕草で、呉葉はわざとラシッドの体をプラプラと左右に振ってやった。途端に相手がひゅっと息を呑む。

「一つは、紅玉髄宮《べにぎょくずいきゅう》にこれからご同行いただいて、アイシャ殿下の毒を完全に抜くこと。

これは当然ですわね」

「……わかった」

「二つ目。あなたの仕組んだドレス事件の一部始終《いちぶしじゅう》を、エーメではベルナデッタ陛下、そして本国ではハールーン陛下にご自分の口で報告すること」

「！　そ、それは……」

途端に、さらにラシッドの気色《けしき》が変わった。

（まあ、そりゃそうよね）

冷静に納得しつつ、呉葉は半眼になる。

（あまりに大事件すぎる上に、ハールーン陛下のご意向に反することをやりましたと堂々と白状するってことは、自分で自分の首を絞《し》めるどころじゃないわけだし）

テオバルトの推察を聞いたのち、呉葉も遅ればせながら気づいた。

アイシャ皇女《おうじょ》の来訪といい、ハールーンの心が、ここのところ対エーメ穏健派《おんけんは》に傾いていたのは明らかだ。なんなら、帝位の譲《ゆず》り先はイザークの方を考えていたかもしれない。

（……この人が、予定が狂いつつ、無理やりねじ込むみたいにエーメとの間に一悶着《ひともんちゃく》起こそうとしたのは、皇帝のお父さんの心が自分から離れつつあるのを察知してたから……だったりしてね）

それでもハールーンが一連を静観したのは、この件を奇貨《きか》として、ラシッドがイザークを完全に封じ込められるかどうかを確かめていたのだろう。それぐらいの度胸と実力があれば、次期皇帝の座にはラシッドがふさわしいかもしれない、と。

　そんなハールーンに、失敗を自ら報告することは。「せっかく与えていただいたチャンスを棒に振りました、己はもう完全なる無能で役立たずです」と激白するに等しい。

「で、できるものか、そんなこと……！」

「なんでだ？」

　またぞろ足をばたつかせてじたばたとあがき始めたラシッドに、今度は背後からイザークが声をかける。

「どのみちあんたの身柄はここで拘束《こうそく》して、エーメ王宮に連行することになる。そこからは、ちゃんと親父《おやじ》に一報を入れて、俺の兵とハイダラ皇帝直属兵で両脇《りょうわき》固めて皇宮まで護送してやるよ。心配すんな。命だけは保証するぞ」

「ふざけたことを抜かすな！　そんなことをすれば……」

「すれば、どうなんです？」

　強《し》いて冷えた声音を作り。呉葉は、相手の胸ぐらを掴む拳にぐぐっと力を込めた。

「あなたに選べる道は二つだけ。わたくしの手にかかって確実にあの世に行くか、一縷《いちる》の望みをかけてお父ぎみのハールーン陛下に慈悲《じひ》と助命を乞《こ》うか。さもなくば、次は海の真ん中へとか崖《がけ》の上から落とします」

さあどうぞ。お好きな選択肢《せんたくし》をおとりになって。

呉葉の脅しが本気だと、その容姿とちぐはぐなほど鋭い淡紫《たんし》のまなざしと気迫から思い知ったらしい。怯《おび》えきったラシッドは、いよいよがくりと脱力した。まさに意気消沈《いきしょうちん》というか――塩をかけられたナメクジというのは、こんな感じなのかもしれない。

「あ、伸びちゃった」

そのまま精魂《せいこん》尽《つ》きたのか気まで失ったラシッドを、呉葉はベシャッと屋上に放る。やっと安心して足をつけられる床面と感動の再会を果たしたのに、本人はそれを喜ぶ余裕もなかったようだ。

「……見事なもんだな」

顚末《てんまつ》を見守っていたイザークが、後ろからため息まじりに賛辞をくれる。くるりと振り返り、呉葉も「なんの」と肩をすくめた。

「ありがとねイザーク。私に任せてくれて。あと、うまく話を合わせてもらえたし」

「そんな。むしろ礼をいうのはこっちというか……」

（？）

どうしたのだろう。呉葉は首を傾げる。

一応は事態の解決を見たはずなのに、イザークはひどく複雑な表情をしていた。安堵《あんど》も確かに見られるが、どこか不満そうな、ばつの悪そうな。

「どうかした、イザーク？」

「いや……やっぱすげえよな、クレハは、って。改めて実感しただけだよ」

自嘲《じちょう》がまじったようなその苦笑が、どうにも気になって。

呉葉は「あのね、何か気になることがあるんだったら……」と尋ねようとした。

しかし、下の方でガヤガヤと大勢が話し合う声と、新たな騒ぎが起きた様子に、その問いは言いさしたままになってしまう。

手回しのいいテオバルトが、もうこの場所を特定してしまったらしい。エーメの王立騎《き》士団《しだん》の制服を纏った軍人たちが、次々に宿の中に踏み込んでくるのが見て取れる。

「あんたはここにいちゃまずいだろ。早く身を隠した方がいい。あとは俺がうまく話をまとめておくから」

「あ、……うん」

実際そのとおりなので、イザークに促され、呉葉は屋上から離脱するべく身を翻《ひるがえ》す。

そのままラシッドを見張って残るイザークとすれ違いざま、改めてその顔を一瞬だけ確かめた。

見慣れたミントグリーンの眼《め》は、気のせいでなければ、どこか悔《くや》しそうな色を宿していた。

#10

——それから。

怒涛《どとう》の一夜が明け、目覚めのラッパが吹《ふ》き鳴《な》らされる頃《ころ》。待機していたイザークの部下や、駆《か》けつけたエーメ兵たちに囲まれながら、ラシッドは『牙《ファン》』の面々共々、その足で紅《べに》玉髄宮《ぎょくずいきゅう》へと移送された。

一方の呉葉《くれは》は、彼らに見つからないように壁《かべ》を伝って現場を逃《に》げ出《だ》し、ついでにテオバルトの目を盗《ぬす》んでメイベル邸《てい》の自室に落ち着くことにも成功した。

まだ誰《だれ》も帰っていないと思い込んで鼻歌まじりにベッドメイクをしにきたメイドさんに、悲鳴をあげさせて、あまつさえ腰《こし》まで抜《ぬ》かさせてしまったのは、なんとも申し訳なかったと思う。王宮に出かけているはずのお嬢様《じょうさま》がなぜか不自然に寝巻《ねま》きに着替《きが》えて室内に鎮《ちん》座《ざ》していたら、それは驚《おどろ》くだろう。

意外だったのは、「いつの間に戻《もど》られたんですか⁉」「王宮での夜会は⁉」「どこから入られたんですか」という泡《あわ》を食った質問攻めをしてきたのが執事《しつじ》さんやメイドさんたちといった皆《みな》さまばかりだったことだ。いつもなら「グレバガぁああ！　いぬなぁああい‼

どこにいっだんだぁああ‼」と血涙《けつるい》や奇声《きせい》をダダ漏《も》らしながら王都中を捜し回るはずのテオバルトは、なんと「ああ、戻っていたのかクレハ」と大層冷静な対応をしてくれた。おかげで、あらかじめ考えていた苦しい言い訳一問一答をほとんど使わずにすんだ。

それどころかテオバルトは、夜会で貴族たちの気を引く傍《かたわ》ら、ベルナデッタと王立騎士《きし》団《だん》兵に協力を求め、控室《ひかえしつ》に伸《の》びていた『牙』たちに監視《かんし》をつけて自害を防がせた。さらにはただちにラシッドの潜伏先《せんぷくさき》を割り出し兵を向かわせるなど、非常に手厚いサポートに回ってくれていたらしい。道理で、現場への騎士団員の到着《とうちゃく》が早かったはずである。

そこからの流れも、なかなかの急転直下な勢いであった。

すっかりと怖気《おじけ》づいたラシッドは、イザークに見張られる中、ベルナデッタや他の有力貴族たちの前で、己《おのれ》の悪行《あくぎょう》を何もかも白状することとなった。あるじであるラシッドの体《てい》たらくを見た『牙』たちも追従し洗いざらい自供したため、クレハやテオバルトの暗殺未遂《みすい》事件でも、アイシャのドレス事件でももみ消されてしまっていた証拠《しょうこ》も、今度こそキッチリ挙《あ》げられることとなったのだ。

事の次第《しだい》は前もってエーメ王国からハイダラ帝国《ていこく》に伝えられ、これからラシッドは己のしくじりについて、ハールーン帝《てい》からきつい処断《しょだん》を下されることだろう。お望みの帝位継《ていいけい》承《しょう》からも相当遠ざかってしまうのは間違《まちが》いない。逆に、ベルナデッタがこの外交カードをどう切るのかは、呉葉には残念ながら及《およ》びもつかないところではあるが——姪《めい》であるメイベル公爵令嬢《こうしゃくれいじょう》とイザーク皇子《おうじ》の婚約話《こんやくばなし》がある以上、そう恐《おそ》ろしい使われ方はされないと信じたいところだ。

かくして、「両国間の橋渡《はしわた》しをするおめでたい話」と「ドレス事件の真犯人の逮捕《たいほ》」という二本立てで、無事にエーメとハイダラ間の関係は良好に維持《いじ》されたところで、おおよそ大団円《だいだんえん》ということになったのだった。

紅玉髄宮の貴賓室《きひんしつ》は、基本的に、クリーム色や萌黄《もえぎ》など柔《やわ》らかな色合いが多いメイベル邸と違《ちが》い、群青色《ぐんじょういろ》の壁紙《かべがみ》、天井《てんじょう》から釣《つ》られた金色のシャンデリアや、オーク材に塗《ぬ》られた飴色《あめいろ》のニスなどの重厚《じゅうこう》さを活《い》かした内装となっている。

「まあ、いらっしゃいクレハさん！　ごめんなさいね、わざわざ来ていただいて」

――毒で倒《たお》れてから十日。

魔法《まほう》の術式をラシッドに吐《は》かせることで、アイシャは体内に残っていた呪《のろ》いをやっと全て除き終えた。意識を取り戻した彼女の元を訪《おとず》れた呉葉は、予想外に明るい声音《こわね》に迎《むか》えられて目を瞠《みは》った。

とはいえ、相手は病《や》み上《あ》がりの身だ。声こそ潑剌《はつらつ》としていても、体は未《いま》だベッドの上の住人らしい。もっとも呉葉とて、自覚的には元気そのものであっても「念のため」とベッドに括《くく》りつけられるように過ごしていた時期が少なからずあったので、なんとも言いがたいけれど。

「アイシャお姉さま、お加減はいかがですか？」

お見舞《みま》いをお持ちしました、と——食べ物では色気がないかなと思ったので——季節の彩《いろど》りをたっぷり詰《つ》め込んだ花籠《はなかご》を掲《かか》げる呉葉に、アイシャは「可愛《かわい》いお花ね！　嬉《うれ》しいわ」と目を細めてくれる。

「あたくしはもうまったくなんともないのに、イザークがね。心配して、もうちょっと寝《ね》ておけと言ってるとかで。なんだか申し訳なくって。ベルナデッタ陛下《へいか》にもテオさんにも、エーメ宮廷《きゅうてい》の他の皆《みな》さまにも、すっかりご迷惑《めいわく》をおかけしたもの……もちろんクレハさんにもね」

「いえいえ、イザークお兄さまの言うことももっとももというか、仕方がないかと思います。わたくしも、ちょっと前までほんの少し咳《せ》き込《こ》むだけで、寝台《しんだい》に逆戻《ぎゃくもど》りしておりましたから」

「そうかしら。健康そのものなのに、時間がもったいないわ。せっかくエーメにいるんだから、あの日叶《かな》わなかった分まで、いろんなかたにお会いしたかったのに。謝らなくてはならないかたがたもたくさんいるのだし。もっとゆっくりしたかったけれど、体調が戻り次第《しだい》すぐ帰国するように！　なんて、お父さまに命じられてしまったものだから」

やや幼い仕草で頬《ほお》をぷくりと膨《ふく》らませるアイシャは、褐色《かっしょく》の肌《はだ》に赤みも戻り、濃紫《こむらさき》の瞳《ひとみ》も生き生きと輝《かがや》いている。

（本当に、アイシャお姉さんが元気になってよかった）

思わず呉葉がニコニコしていると、そこでふと、アイシャは眉《まゆ》を曇《くも》らせた。

「……ごめんなさいね、クレハさん」

「え？」

「ハイダラの事情にエーメを巻き込んで……まさかラシッドお兄さまが、あんなことまでするとは思っていなかったわ。あたくしが迂闊《うかつ》だった。危《あや》うく友好使節どころか、争いの火種になりかけるなんて。ドレスの毒を見抜《みぬ》いて助けてくれたのは、あなただったのでしょ？」

「い、いえ、わたくしは何も。護衛士を引き連れてラシッド殿下《でんか》を取り押さえに行かれたのは、イザークお兄さまですし……」

意気消沈《いきしょうちん》したようにうなだれるアイシャに、呉葉は慌《あわ》てて首を振《ふ》った。否定しつつも内心では視線を泳がせざるを得ない。

（いやまあ、実は護衛士の皆さんには逃げ出す人がいないように外を固めてもらっていただけで、殴《なぐ》り込み自体は私もめちゃくちゃ参加してましたけども）

むしろイザークとツーマンセルで討《う》ち入《い》りましたけども。四十七人《しじゅうしちにん》いた赤穂浪士《あこうろうし》もびっくりである。

「そのイザークは、目を覚ましたあとも、ちっともあたくしのところに顔を見せに来ないのよ。こちらが動こうとするとケチをつけてくるくせに。薄情《はくじょう》な弟だわ」

「それも仕方ないかもしれません。ちょうど今、ベルナデッタ陛下に仔細《しさい》を報告したり、ハイダラにラシッド殿下を護送する手配をしたりで、とってもお忙しいそうです」

ぽってりした紅《あか》い唇《くちびる》を尖《とが》らせて不満を漏らすアイシャに、呉葉は苦笑《くしょう》する。

その言葉に、パチリと黒いまつ毛を上下させ。アイシャは目を伏《ふ》せた。

「そうね、ラシッドお兄さまの……そう」

「アイシャお姉さま？」

「ねえ、クレハさん。あなた、イザークをどう思っていて？」

唐突《とうとつ》な問いに、今度は呉葉がぱちぱち目を瞬《まばた》かせた。

「ええと、どう……とは？」

ぎこちなく首を傾《かし》げると、「ごめんなさい、ふわっとしすぎた問いだったわね」とアイシャは眉尻《まゆじり》を下げる。

「本人には言えないけれど、あたくしイザークを心配しているの。あの子もあたくしも、ハイダラ皇統に連なっていて、皇宮《こうぐう》で育ってきたわ。エーメに来てからはあなたやテオさんのおかげで、たくさん学ぶことがあったと思うけれど。でも、生まれてから十三年も過ごした場所で受けた傷って、そうそう消せないものでしょう」

あまり想像がつかないかもしれないけれど、ハイダラ皇統は砂漠《さばく》の血。覇道《はどう》の血脈だ、とアイシャは俯《うつむ》く。

（……イザークの国の伝統の怖《こわ》さは、聞いたことある）

ちらりと思い出すところがあり、呉葉も視線を落とした。

邪魔《じゃま》になる兄弟を皆殺《みなごろ》しにしながら皇帝《こうてい》の座を継《つ》いでいくというのは、現代日本で弟を溺愛《できあい》しながら育った呉葉にとって、信じられないほど苛烈《かれつ》で衝撃的《しょうげきてき》な話だった。

「あの子は、皇統特有の歪《ゆが》みを嫌《きら》っているけれど、自覚のないうちにその影響《えいきょう》を受けてしまっているわ。あたくし、それを心配しているのよ」

「それは――……」

確かに。

（無自覚な影響って）

ジョアン・ドゥーエ戦での諸々《もろもろ》やら、ラシッドの指から爪《つめ》を剝《は》がそうとするやらの、イザークが見せたナチュラルな残虐性《ざんぎゃくせい》を思い出し、「あれのことか」と呉葉は静かに納得《なっとく》した。

むろん、アイシャには言えるはずもない。しかし、言葉にせずとも伝わるところがあったのか、「心当たりがある？」と、アイシャは唇をきゅっと引き結んだ。

「ねえクレハさん。……あの子のそういうところ、やっぱり、あなたも怖いかしら」

不安そうなアイシャにそう尋《たず》ねられ、呉葉は視線を上げた。

「だって、テオさんとあなたはとても仲のいいご兄妹《きょうだい》だし、……ハイダラ皇統の代々してきたことって、きっと受け入れがたくて、気味の悪い伝統だと思うわ。今回の一件もそう。結局あの子は、嫌っていた慣習に身を浸《ひた》すことになってしまった」

ラシッドから帝位が遠ざかるということは、同じものがイザークに近づくということだ。ともすればラシッドはハールーンに見限られたあげく、命を落とすこともあり得る。それはイザークも、もちろん覚悟《かくご》の上だろう。

しかし、血を分けた兄弟の血で洗われた玉座につくことを厭《いと》っていたイザークにとっては、皮肉な結末ではあるのだ。

いかに険悪な仲であろうとも、ラシッドとの対立でそうならないために、イザークは故郷を出たのだから。

黙《だま》って顎《あご》を引く呉葉に、アイシャは恐る恐るといった風に問いかけた。

「イザークは優《やさ》しい子よ。誠実で、男だからと女を下に見たりしない。あたくしが保証するわ。でも、紛《まぎ》れもなくハイダラ皇統の人間なの。あなたはイザークのそういう一面を知っても、あの子を受け入れてくれるかしら」

「受け入れる、というか」

少し首を傾げ、改めて呉葉はアイシャに向き直った。

（そりゃまあ、多少驚きはしたけど）

「怖がるほど私……ではなく、わたくしは弱くありません。彼は、わたくしにとってそれくらい大事な人なのです。何かおかしいと思ったら、本人にその場で言いますし、都度《つど》向き合っていきます」

そんなところがあったのか！　なんて知られざる一面を見たとして。たとえそれが、世《せ》間一般《けんいっぱん》の感覚に照らせば、幻滅《げんめつ》してしかるべきようなことであったとしても。

（ああ、そっか。……イザークとの関係を、新しい要素を知ったごときで終わらせるのは、私が嫌《いや》なんだ）

――ストン、と。

言葉にすることで、なんとなく〝腑《ふ》に落ちる〟ところがあって。呉葉はほっと息を吐《は》き出した。この答えに、アイシャはしばし目を瞠ったのち。面白《おもしろ》そうに問いかけてくる。

「ハイダラとエーメは相容《あいい》れないもの。文化の違いは多くってよ。どうにも理解しがたいところも出てくるかも」

「はい。ですから、違いは違いとして受け入れて、それでもどうにもならない時は、殴《なぐ》り合《あ》いになってでも、こんこんと腰を据《す》えて談判《だんぱん》するだけの気概《きがい》くらいあります」

（だって、そもそも国どころか世界が違ったわけだし）

異文化コミュニケーションは百も承知だ。万事《ばんじ》心得《こころえ》た上で、〝それでもやはり、イザークは呉葉にとって誰にも代えがたい相手なのだった。

「殴り合いって、クレハさん……」

「あ、も、もちろんもののたとえ……でございましてよ！」

力いっぱい頷《うなず》いたあと、「さすがに貴族令嬢が殴り合いはまずいか」と気づき、慌ててパタパタと手を振ってみる。

「そう。……ふふ」

アイシャは絶句してから、弾《はじ》けるように笑った。

「ありがとう、クレハさん。あなたみたいな子が、イザークのお嫁《よめ》さんになってくれるなら、よかった」

（お嫁さん……？　あっ）

そうだった。婚約のことは、アイシャの耳にもすでに入っていたのだ。

（え、じゃあさっきの話ってそういう……ってかアイシャお姉さん〟偽装《ぎそう》だって知らされてないの⁉　嘘《うそ》ぉ！　今さら『そのうち婚約破棄《こんやくはき》します』とも言いづらい……！）

相手がどういう前提で話をしていたのかにやっと思い至り、呉葉はあわあわと落ち着かなくなる。

美しい紫《むらさき》の瞳を和《なご》ませ、本当に優しい顔でアイシャが笑うから。

――あなたみたいな子が、うちの弟の隣《となり》にいてくれて、本当によかった！

かつて、義妹《いもうと》になる予定の女の子と一緒《いっしょ》に、彼女のウェディングドレスを選びにいった時。しみじみと同じ台詞《せりふ》を、在りし日の自分がかけたことを思い出して。

ありがたいやら申し訳ないやら、なんだか少し、胸《むね》の奥がぎゅうっとなる。

（いや……その……婚約っても、なあ、って……）

正直、動揺《どうよう》しきりだ。

（そうそう、偽装偽装……しょせんは偽装、だし）

ちくり。

なんだかその言葉を繰《く》り返《かえ》した瞬間《しゅんかん》、胸の奥に奇妙《きみょう》な痛みが走る。苦《にが》いような、苦しいような気持ちが込《こ》み上《あ》げてきた。

（ん？　チクッて何？）

罪悪感、だろうか。それにしては、アイシャに対してではなかった気がするけれど。

不可思議な己の心の動きに内心首を傾げている呉葉は、自分を見つめるアイシャが、

「かわいらしいこと」と、微笑《ほほえ》ましげに目許《めもと》を和《なご》ませていることに気づかなかった。

何はともあれ保留事項《ほりゅうじこう》が多い。

元現代日本のマルチタスク上等社畜《しゃちく》で、かつ、小学生の頃から夏休みの宿題は早目に終わらせてスッキリしたい派だった呉葉としては、「課題の積み残しは気持ち悪い」の一言に尽《つ》きる。

(そっか。事件が解決したんだから、この偽装婚約も早いとこ解消しちゃわないといけないんだよね)

アイシャを見舞ってから、メイベル公爵邸《こうしゃくてい》に戻るまで、そろそろ乗るたびにびくつかなくなってきた豪華《ごうか》な馬車に揺《ゆ》られながら。呉葉は延々と思索《しさく》に耽《ふけ》ることになった。

石畳《いしだたみ》の道をガタゴトと車輪が踏《ふ》んでいくごとに、揺れがお尻《しり》にダイレクトに伝わってくる。基本的に道路といえばアスファルト舗装《ほそう》が常だった都会暮らしの呉葉としては、なんだかこういう瞬間にふと「異世界だなあ」と思い知らされるのだ。

おまけに、今日は珍《めずら》しく——というか、もはや大昔にも感じられる無断脱走騒《だっそうさわ》ぎから初めてかもしれない——テオバルトもイザークもそばにいない、たった一人での外出である。

もちろん、護衛の皆さまが周囲をわんさか固めてくださっているが、話しかけられることはない。こうも静かだと、余計にあれこれ思いを巡《めぐ》らせてしまう。

（いやいや、婚約だけじゃないし。どうにかなったのはラシッドの一件だけで、イザークからの告白のこともだし。クレハちゃんやテオバルトお兄さんにも不義理にならないよな、公爵令嬢としての幸せってなんだろう問題もだし。うーん。うーん……）

このところ何もかもが立て込みすぎていて、ゆっくり向き合う暇《ひま》がなかっただけで、前々から考えなくてはいけなかった諸々に関しては、何一つ納得できる答えを出せていないのだった。

それに。

（イザーク、しばらく会えてないけど……別《わか》れ際《ぎわ》にどことなく悔《くや》しそうな顔してたの、なんだったんだろう）

血を飲ませたラシッドをはったり込みで脅《おど》しつけたあと、彼が見せたふとした感情のかけらが、どうにも心に引っかかってならない。

あの「悔しい」表情は、ただの気のせいではない。細かいところまで配慮《はいりょ》ができて、己の表情や仕草が相手に与《あた》える影響もきっと把握《はあく》しながら行動している様子のイザークが、知らずに見せた素顔《すがお》なのだ。流すべきではないと、直感が告げてくる。

（あの場にいたのは、失神《しっしん》したラシッド以外は、私とイザークだけだったし。じゃ、私がさせた顔なんだよね、確実に……）

気がつかないうちに、何か余計なことをしてしまったのだろうか？　今回の一件は、彼の複雑な生《お》い立《た》ちに深く関わる話だ。もしかしたら、意図せず地雷《じらい》を踏《ふ》んでしまった可能性もある。

（ううーん……あー、わっかんない！　わっかんない！　どうしよう！　私、イザークになんかやらかしたかもしれない！　っていうか多分してる！　けど気安く『ごめーん私どの地雷踏んだ？　爆発《ばくはつ》した？　損傷どう？　軽微《けいび》？　復旧可能？』なんて訊《き》けるわけない！）

身に染《し》みて実感したが、やはり、運動したり何かに取り組んだりしている間はややこしいことを悩《なや》まずにすむのだ。

アイシャに対応したり、ドレス事件や外交問題で頭がいっぱいだったり、実際に身体《からだ》を動かしてラシッドならびに暗殺集団を物理的にブチのめしている間は、色々忘れていられた。それが良かったかどうかはさておき。

（やはり筋肉……！　筋肉は全てを解決する！）

ではなく。帰ったら筋トレして幸福度上げようっと、と結論を出しかけて「違う、そうじゃない」とブルブル頭を振りつつ、うんうん唸《うな》りながら、脳という名の筋肉が摩耗《まもう》していく徒労感に苛《さいな》まれる。

（とりあえず、確実にどうにかなりそうな目の前の案件から片付けるに限る！　偽装婚約は、テオバルトお兄さんに相談したら解消できるもんね）

今日は、宮廷の方に徹夜《てつや》カンヅメ状態だったテオバルトはもちろん、同じく業務山積《さんせき》でろくに帰宅できていなかったらしいイザークもメイベル邸に来てくれるらしい。

彼らは少し遅《おそ》くなるだろうけれど、久しぶりに三人同時に顔を合わせられる。

嬉しいな、と素直《すなお》に思うと、なんだかかつての家族団欒《かぞくだんらん》の空気が懐《なつ》かしくもなり。窓枠《まどわく》に顔を近づけて、緑の並木やヨーロッパ風の建物がポッポッと過ぎ去っていく馬車の外の景色を眺《なが》めつつ、呉葉は深く息を吐き出した。

そんな、柄《がら》にもなくいささか感傷に浸っていた呉葉だが。

やがて邸《やしき》に帰ってきたテオバルトから衝撃的な話を聞かされることになるとは、この時思ってもみなかった。

「え？　待ってくださいお兄さま。偽装婚約、破棄しないんですか⁉」

テオバルトがイザークと共に城から戻ってきたのは、間もなく夕食になろうかという時刻だった。

応接室へ彼らを迎え入れつつ、先ほど馬車の中で考えていたとおりに「もう婚約はおしまいにするんですよね？」という事実確認《かくにん》をしたはずの呉葉は、寝耳《ねみみ》に水《みず》の回答を得た。

「え⁉ しないのか⁉」

「ああ。まだだな」

もっとも、これは隣で話を聞いていたイザークも同じだったらしい。

「いや、だって偽装婚約で対応すべきだった問題は、もう解決しただろ。あまり長引かせると、クレハ嬢《じょう》の今後の評判にも影響が出かねないじゃないか。そりゃあ、一般のエーメ貴族たちには『普通《ふつう》のめでたい話』として周知してあるから、今すぐにってわけにはいかないだろうけど……」

「それだけじゃなく、イザーク。お前の問題もあるだろう」

困惑《こんわく》を隠《かく》せずにいるらしいイザークに対し、片眼鏡《モノクル》をクイッと奥に押し込みつつ、テオバルトが冷静にスッパリと断じる。

「よく考えてみた方がいい。ハールーン陛下は、二人の婚約の話を聞いて、重んじる相手をラシッドからお前に切《き》り替《か》えたのだぞ。とりあえずメイベル公爵家とお前に確実なつながりがあると思ってもらっていた方が、お父ぎみの心証としていいはずだ」

逆に、ここで焦《あせ》って婚約を破棄してしまうと、ハールーン陛下にも『婚約はお芝居《しばい》でした』と遠回しに白状することになり、イザークがエーメで築きつつある地位を疑われかねない。

その言葉に、言われたイザークはぐっと眉根《まゆね》を寄せた。

「それは……そうだろうけど。俺の都合にクレハ嬢を巻き込むことになるのは、正直心苦しいんだよ。お前にもさ」

眉間《みけん》に皺《しわ》を寄せるイザークは、呉葉同様、まさかよりによってテオバルトに反対されると思っていなかったのだろう。何せ、自分で提案しておきながら「妹はやらんぞ」と繰り返し釘《くぎ》を刺《さ》してきた張本人だ。

「そこは問題ないのだ。いや、なくはないのかもしれないが、まあ程度は軽いものだ」

しかし、微笑みすら浮《う》かべつつ手で制するテオバルトは、余裕綽々《よゆうしゃくしゃく》という風情《ふぜい》だ。

（ん？　テオバルトお兄さん、ひょっとして……）

困り果てた風のイザークと、やたらニコニコしているテオバルトの顔を順繰《じゅんぐ》りに見比べつつ。そこで呉葉は、なんとなく察することがあった。

「あのう、テオお兄さま？　今回の偽装婚約って、ラシッド殿下の一件以外にも何か別の狙《ねら》いがあったりしまして？」

ただの勘《かん》に過ぎない問いだったのだが。

「ぎく」

そこでテオバルトの笑《え》みがあからさまに引《ひ》き攣《つ》った。

もちろん隣で見ていたイザークも気づかないわけがない。

「そうなのか？　いや待てよ。俺は聞いてないぞ！　ちょっと全部吐いてけ」

「ナイ！　ナニモ、ナイゾ！　オ兄サマ、ナニモ隠シテナイ！」

「いきなり片言で怪《あや》しすぎんだよ！」

口笛を吹いてそらっとぼけるテオバルトの肩《かた》を、イザークが揺さぶること数度。

さほどもったいつけるでもなく、テオバルトは「いやあ……」と口を開いた。

「まあ虫除《むしよ》けだ」

「虫除け？」

呉葉とイザークの声が綺麗《きれい》に被る。

――なんでも。

テオバルトいわく、元気になったと社交界にも話が流れ始めたメイベル公爵令嬢に、縁《えん》談《だん》が殺到《さっとう》しているのが、このところの悩みの種だったらしい。

「まったく冗談《じょうだん》ではない。今までどいつもこいつも病弱で子孫を残すどころかろくに出歩けもしないだろうと陰口《かげぐち》を叩《たた》き、見向きもしなかったくせに。全員くるっと手のひらを返して『ぜひ妹ぎみにお会いしたい』だ！　どこの馬鹿がどういう噂《うわさ》を流してうちの妹を裏でせせら笑っていたか、僕は余すことなく『イッカ処《ショ》ス一覧表』を作成して把握しているのだからな！」

（それはそれでどうかと！）

指を折りつつも「夜会で見初《みそ》めたとか抜かしていたカルケニー子爵令息《ししゃくれいそく》は三年前に『立てば息切れ座れど昏倒《こんとう》、歩く前にはあの世行き』と揶揄《やゆ》していたそうだし、連日手紙を寄越《よこ》してくるラニッツ伯爵《はくしゃく》はクレハが毒を盛られた時に『穀潰《ごくつぶ》しを一生養っていくよりは、潔《いさぎよ》く死んでもらった方が見切りをつけられていいのでは』とか暴言を吐いてくれたそうだし、他にもリッツヴァルト辺境伯《へんきょうはく》の次男坊《じなんぼう》ときたら……」と数え上げていくテオバルトの水色の目には、本物の殺意が凝《こご》っている。普通に怖い。というかイッカ処ス一覧表、作成どころか暗記しているのか。

「……お前が最近やたらため息ついてたのは、それが原因か……」

何かわからないが得心《とくしん》がいった様子で、イザークも眉間を揉《も》んでいる。「まあ早い話がそうだな！」と開き直ったらしいテオバルトは胸を張っていた。

「その点、我が親友イザークなら変な気を起こすこともなかろうから安全だろう。むしろ、もういっそこれを奇貨《きか》として、求婚者《きゅうこんしゃ》の馬鹿どもの波が引くまでずっと妹の虫除けになっていてくれ！」

「お前な……」

「と、いうわけでだ！　これからもよろしく頼《たの》むぞ、カッコ仮つきで未来の義弟《おとうと》よ！」

「調子よすぎだろう⁉」

大事な妹を偽装婚約に使おうと言い出したのはこういう裏があってのことらしいとわかり、とうとうイザークは天をあおいで額を押さえていた。

（えーっと……ってことは、つまり？）

改めて。

呉葉とイザークの関係は、戦友で武術と魔術《まじゅつ》を教え合う間柄《あいだがら》、かつ秘密の共有者にプラスアルファで、偽装婚約者が加わることになったわけだ。

――端的《たんてき》に言って「うわカオスだな」と。さしもの呉葉もふっと気が遠くなった。

エピローグ

（ああもう。クレハちゃんから託《たく》された借り物人生なのに、なんかどんどん謎《なぞ》の方向に進んでいく……）


偽装婚約《ぎそうこんやく》の継続《けいぞく》が決定した夜から数日後。

晴《は》れ渡《わた》った空を見上げてメイベル邸《てい》の庭園を歩きながら、呉葉《くれは》はひっそりとため息をついていた。あのあと、気づけばなんだかんだと流されるままに話が終わっていたのだ。

議論が白熱する前に、すぐに夕食の時間になり、メイドさんに導かれるまま晩餐室《ばんさんしつ》に入り、もちろんイザークも交《まじ》えて三人でテーブルを囲んだまではいい。

しかし、河岸《かし》を変えたのが悪かった。テオバルトの巧《たく》みな話術で呉葉はイザークごと煙《けむ》に巻《ま》かれてしまい、気づけばなあなあで『そういうこと』にされている。イザークもしきりと首を傾《かし》げながら帰っていった。課題の一つは引き続き検討中、ということになったわけだ。積み残し嫌《ぎら》いにとっては気持ち悪い結果である。

ちなみに例によって夕飯はおいしかった。なお、ついこの前までは魔力《まりょく》を使ったり流血するたびに低血糖を起こしてぶっ倒《たお》れていた呉葉だが、最近はことに牛馬のごとく飲み食いとまではいかず。せいぜい、パンをわんこそばのごとく無限におかわりし、メインのラムチョップグリルを十本程度平らげる程度ですんでいる。

先日ラシッドと対峙《たいじ》したあとも、ジョアン戦の時のように気絶するなどという凡《ぼん》ミスは犯《おか》さず、今にも鳴《な》り響《ひび》きそうな腹を気合で押さえて宿の外まで離脱《りだつ》できた。代わりに、帰りがけに見つけた夜市で片《かた》っ端《ぱし》から買い食いしたので、あの小さな町では「一夜のうちにありとあらゆる屋台の食べ物を食い尽《つ》くす、人型の化け物が出た」という怪談《かいだん》がまことしやかに囁《ささや》かれているらしい。ごめんね。

——話が大いに逸《そ》れた。正直に言えば現実逃避《げんじつとうひ》だ。

(だって正解がわかんないんだもの。わかんないというか見当もつかない。きっともう一人のお兄さんみたいな存在だっただろうイザークと婚約なんて、本物のクレハちゃんなら考えたこともなかっただろうしさあ。これでいいんだろうか、クレハ・メイベルとしての幸せな人生って……)

付《つ》き添《そ》いのメイドさんに日傘《ひがさ》を差《さ》し掛《か》けてもらいながら、優《やさ》しいクリーム色のドレスの裾《すそ》を軽く持ち上げつつ、煉瓦《れんが》の敷《し》かれた庭園の小道を歩く。草の瑞々《みずみず》しい緑にまじって足元にぽつぽつと咲《さ》く白やピンク色の花々が、目に楽しい。

つる薔薇《ばら》を巡《めぐ》らせたアーチをくぐり、呉葉は目的地を目指した。

(テオバルトお兄さん、先に着いてるかな)

——このところゆっくり休む暇《ひま》もなかったからと、テオバルトが庭園でお茶をしようと誘《さそ》ってくれたのだ。

（今日はイザークも来る予定だから、お茶なら一緒《いっしょ》にどうですか？　って言ってみたら、『それはそれで別途《べっと》席を設けるとして、今の僕は久しぶりにクレハと二人兄妹水入《きょうだいみずい》らずで過ごしたい』ってことだったし）

なるほど、と呉葉は特に疑問も覚えず頷《うなず》いた。

——兄妹水入らずとするには、実は中身が別人なので、未《いま》だに罪悪感は消えない。言われるがまま甘えてはいけないのだとも気を引《ひ》き締《し》める。テオバルトが優しいから、特に。

（正直、ちょっと身構えもするかなあ。だってお兄さん、アイシャお姉さんの事件からこっち、なんとなく放任主義っぽくなったというか……今までの『水で顔を洗う時は洗面器で溺《おぼ》れないようにしろ』とか『呼吸する時は空気を喉《のど》に詰《つ》めるな』とか『歩く時は足を角にぶつけて骨折しないように』みたいな過保護と違《ちが》う感じがするし。いや今までがおかしかっただけかもしれないけど）

気のせいでなければ、とはいえ。

悶々《もんもん》としつつ歩いていたクレハは、己《おのれ》を呼ぶ声に顔を上げた。

「クレハ！」

煉瓦の小道の向こうにある東屋《あずまや》に、見慣れた白い衣装《いしょう》のテオバルトの姿がある。

いつもどおりに満面の笑《え》みを浮《う》かべて手を振《ふ》ってくれる『兄』に、呉葉も表情を緩《ゆる》めて足早に近寄った。

白い支柱と飾《かざ》り柵《さく》を持つ美しい東屋の中央には、備え付けのテーブルがあり、すでにたくさんのお菓子《かし》や軽食が準備されている。

皺《しわ》ひとつなく敷かれたブルーのクロスの上には、甘いクリームとフルーツたっぷりのタルトや、呉葉の好きな色とりどりのマカロンばかりでなく、コールドチキンのサンドイッチにローストビーフ、魚卵《ぎょらん》のカナッペ、小海老《こえび》と野菜のクリームグラタンと、割と重めなメニューまで、溢《あふ》れんばかりに展開されていた。

このあとに控《ひか》えている夕食も含《ふく》めて全て食べきる自信があるが、いつぞやか、見慣れた形だからと無造作《むぞうさ》に口に放り込んだおっさんの靴下《くつした》風味のカマンベールチーズは品揃えにない。

(というか、よく考えたら。お兄さん、『私』がクレハになってから、食事だったり部屋の内装だったり、全部『私の』好みに合わせてくれてるよね……)

——記憶喪失《きおくそうしつ》の妹だから、一から関係を築くつもりで接してくれているだけかもしれない。というか普通《ふつう》に考えてそうなのだが。

けれど、メイドさんに「冷えるといけない。クレハに肩掛《かたか》けを」とすかさず申しつけているテオバルトを見ると、以前どおりの過保護と言えなくもなく。

（はあ。考えすぎかな。ってか、こんなことまで深く突《つ》っ込《こ》んで悩《なや》むのやめよ！）

胸の微《かす》かなさざなみはさておき、そばにいるメイドさんに頼《たの》んで、湯気の立つ紅茶をカップに注《つ》いでもらいながら。呉葉はさっさと気持ちを切《き》り替《か》えることにする。

「具合はどうだ、クレハ。晴れてよかった。さ、早く座りなさい」

「ありがとうございます、テオお兄さま」

先に腰《こし》掛《か》けていたテオバルトが機嫌《きげん》よく勧《すす》めてくれるまま、呉葉も彼の正面の椅子《いす》にかける。外はよく晴れていて、ぽかぽかと暖かい。開放的な東屋には、爽《さわ》やかなそよ風が吹《ふ》き込《こ》んでくる。本当に、気持ちのいい日だ。

「このところバタついていたから、こうしてお前と二人でゆっくりするのも本当に久しぶりだ。いや、違うか。バタついてですませる程度ではなく、まさに怒涛《どとう》の日々だったものだな」

お前にも苦労をかけたな、としみじみ頭を下げるテオバルトに、「いえ、そんな。お兄さまこそお疲《つか》れさまでございました」と呉葉は慌《あわ》てて手を振る。

そのまま、近況《きんきょう》であったり、呉葉の体調であったり、自然と雑談に入る。すっかり回復したアイシャ皇女《おうじょ》は、先日帰国の途《と》に就《つ》いたばかりなのだが、「去り際にお前によろしくと何度も言われたよ。また会いたいと別れを残念がっていた」という話も教えてもらえた。

あの、褐色《かっしょく》の肌《はだ》と濃紫《こむらさき》の眼を持つ美しい佇《たたず》まいを思い出し、『つくづくお姉さんが無事でよかった』と呉葉も感慨《かんがい》に耽《ふけ》る。せっかく隣国《りんごく》同士なのだから、これから順調にエーメとハイダラの交流がどんどん活発になっていけば、きっとまた会えるだろう。その日が、そんなに遠くなければいい。

和《なご》やかな空気の中、呉葉はごくリラックスして会話を楽しんだ。用意してもらった食事も美味《おい》しい。箸《はし》ならぬフォークが進む。

——と。

「そうだ。すまないが、きみたちは少し外してくれるか」

何か思い出したように、テオバルトが背後に控えるメイドさんたちに命じた。言われるがままにしずしずと下がっていった彼女らに「……？」と呉葉が首を傾げていると。

「いや、大した話をするわけではない。このところ、お前が少し悩んでいるように見えたから、この兄はいささか心配していてな」

「あ、それは……」

呉葉はうろたえた。そんなに考え込む様を表に出した自覚はなかったのだが、バレていたとは。

しかし。

（どうしよう！　心配かけてるのに、……どれひとつとして相談できる悩みがない！）

一、イザークに告白されたがどう答えていいのか分からない。

二、公爵令嬢《こうしゃくれいじょう》として今後の身の振り方に迷っている。

三、偽装婚約については強制的に結論が保留になったので落ち着かない。

四の、別《わか》れ際《ぎわ》のイザークがちょっと気落ちしている様子に見えて気になっている……件についてだけは一瞬《いっしゅん》ギリギリセーフかと判じかけた。

が、よく考えれば、彼のそんな表情を見たタイミングというのが「ちょっとラシッドのとこに殴《なぐ》り込《こ》みかけて配下の暗殺集団を全員血祭りに上げたのち、シメに本人様を片腕《かたうで》で宙吊《ちゅうづ》り拷問《ごうもん》に処した直後」という思いつく限り最悪のパターンなので、口をつぐむしかない。うまくぼかして誤魔化《ごまか》す能力を持ち合わせておりません。

（えーっとぉ……！）

愛想笑《あいそわら》いの傍《かたわ》ら、ざあっと青ざめて膝《ひざ》の上で拳《こぶし》を握《にぎ》る呉葉の内心を知ってか知らずか、テオバルトは、「まあ、兄妹でも話しにくいことというのはあるからな。お前の悩みそのものについては、もちろん僕としては気にはなるが、言いたくなったら言うので構わないとも」と苦笑《くしょう》した。非常にありがたい。

「まあ、悩みの中身がわからない以上、ひょっとしたら的外れな助言になってしまうかもしれないが……」

ふとテオバルトは視線を落とし、手元の紅茶を見つめた。すっかり冷めてしまっただろうそれを軽く揺《ゆ》らし、彼はアイスブルーの目を伏《ふ》せる。

「先日立て続けに参加したパーティーや、イザークに協力してもらっての虫除《むしょ》けの件で、なんとなく感じ取ってもらえたことと思うがね。女王陛下の姪《めい》だとか、公爵令嬢だとか、メイベル家の娘だとか。身分やら容色やらで、お前に余計な価値を見出《みいだ》して来る奴が、これからごまんと出てくるだろう。もちろんお前は賢《かしこ》い子だから、大半は己の意思で跳《は》ね除《の》けることができるはずだ。しかし、同じもののせいで、お前自身が道に迷うこともあるかもしれない。いや……ひょっとしたら、僕こそがお前の悩みの種の一つになってしまっている懸念《けねん》もある」

「！」

思わず目を見開き、呉葉はテオバルトの顔を見つめた。

こんな話をしているテオバルト自身も含め、自分以外の人間は、全て野次馬《やじうま》だと思えばいい。何者にも縛《しば》られず、己の幸せは己で決めればいい。テオバルトはそう語る。

「名前も立場も考えなくていい。当然、僕のことも気にする必要はない。何があろうと、クレハはクレハだから。心のままに、気持ちに素直《すなお》に振《ふ》る舞《ま》ってみなさい。決めたことがあればなんであろうと応援《おうえん》する。この兄はいつでも、お前の味方だ」

勧めてくれたことが、――まさに悩みの一つにどんぴしゃりで。

そう請《う》け合《あ》ってくれたテオバルトが、本当に、優しい笑みを浮かべていたから。

（急にこんな話をするなんて。もしかしてテオバルトお兄さん……私の正体について、何か察しているんじゃ……）

そう思うと、なんだか居ても立ってもいられなくて。

はやる気持ちにせき立てられるように、呉葉は「あの！」と声をあげた。

「本当は、わたくし……じゃなくて、私……！」

ずっと黙《だま》ってきた。

実の妹ではないこと。それを伏《ふ》せて騙《だま》してきたこと。

そして本物のクレハ・メイベルは、最後の瞬間《しゅんかん》まで、ただ一人の兄を案じていたことを。

――今をおいて、いつ告げるのだ。早く、真実を伝えなくては。

（それで謝らなくちゃ。騙してきて、傷つけてごめんなさいって）

しかし、言いさした呉葉を止めたのは、他でもないテオバルトだった。

「まあ、待ちなさい。話しづらかった悩みなのだろう。そんなに焦《あせ》ることはない」

「……っ」

開きかけた唇《くちびる》を閉じ、強く噛《か》み締《し》める呉葉に。

「クレハ。記憶《きおく》を失ってから、お前は確かに変わったとは思う」

言《い》い含《ふく》めるように、テオバルトは穏《おだ》やかに続けた。その声は、じんわりと柔《やわ》らかく心に沁《し》み入《い》る。

「僕の知らない間に、少しずつ『僕の知らないクレハ』が多くなっているのかもしれない。寂《さび》しくはあるが、それも成長だと思うと、嬉《うれ》しくも頼もしくもあるのだ」

呉葉は静かに納得《なっとく》する。

（そっか……）

――わたくしを、クレハ・メイベルを、あなたの未来にどうか連れていって。

最後の別れの瞬間、柔らかな笑みと共に〝クレハ〟が託してくれた願いが、ふと耳奥に甦《よみがえ》った。

（この人は、『テオバルト・メイベル』なんだ。……あんなふうに言ってくれたクレハちゃんの、お兄さんなんだなあ……）

切ないのか苦しいのか温かいのか嬉しいのか。ありとあらゆる要素を含んだ感情の絵の具が、パレットの上で混ざり合い、胸《むね》の奥が苦しくなる。

押し寄せた波が引いていくのをじっくりと待つ。何か言おうとして声が喉に詰まり、数度唇を開け閉めしてから。呉葉はやっと、これだけを返した。

「ありがとうございます。……わたくしは、あなたの妹でいられて幸せです」

「そうか！　それは兄冥利《あにみょうり》に尽きるというものだな！」

僕もお前の兄で大変に幸せだ。

そう言って鷹揚《おうよう》に笑うテオバルトに、呉葉は思わず微笑《ほほえ》んでいた。


悩みの一つの答えを出すために、テオバルトから大きな後押《あとお》しをもらったからだろうか。

なんだか驚《おどろ》くほど胸が軽くなった。

（心のままに、……かあ）

クレハ・メイベルの代理ではなく、鳴鐘《なるかね》呉葉として、進みたいように。……もちろん、立場としての常識は必要になるけれども。ついでに一応の体面として、武術家の本性《ほんしょう》は目下のところ隠《かく》し通《とお》しますけれども。

（よく考えたらクレハちゃんは初めからそう言ってくれてたのにな。私の一人相撲《ひとりずもう》で、ずいぶん悩んじゃったなあ）

その日の昼下がり。

鼻歌の一つも歌いたい気持ちのまま館の玄関《げんかん》ホールで出迎《でむか》えると、呉葉の表情を見たイザークは、不思議そうに首を傾げた。

「クレハ、どうしたんだ？　やけに上機嫌《じょうきげん》じゃないか」

　このところ激務に追われていたらしい彼の顔にはありありと疲れが見て取れたものの、アイシャの昏睡《こんすい》が続いた時のような思《おも》い詰《つ》めた感じはしない。王宮から直行で訪れてくれた彼とは、テオバルトも含めてこれから晩餐《ばんさん》を一緒にとる予定になっている。

「ふふ、それがね……」

　ニコニコしたまま答えようとして、呉葉はふと動きを止めた。

（テオバルトお兄さんのおかげで、せっかく一つ、大事な答えを示してもらったんだもの。イザーク関連で気になってたことも、解決しちゃいたい）

「？」

　何も言わない呉葉に、イザークが若葉色の目に疑問を浮かべている。

　藪《やぶ》から棒《ぼう》かなと思いつつ、まあいいやと判断して。少し思案してから、呉葉は切り出した。

「あのさイザーク。夕食までまだ時間あるし、ちょっとだけ外、散歩しない？」

　首を傾げると、結《ゆ》い上《あ》げた淡《あわ》い金の髪《かみ》に挿《さ》した髪飾《かみかざ》りの銀鎖《ぎんさ》がしゃらりと音を立てる。

　エメラルドやアメジストがあしらわれたその品に、イザークが気づかないわけがない。

　案の定、一瞬何か言いたそうな顔をしたものの。彼は結局、そこに触《ふ》れずに「いいよ」と首肯《しゅこう》を返してくれた。

午後の柔らかな日差しが降り注ぐ庭園を、呉葉はイザークと並んで歩いていた。

真昼間《まっぴるま》の鮮烈《せんれつ》なコバルトブルーよりも幾分《いくぶん》か色合いに深みを増した青空には、羊の群れのような綿雲《わたぐも》が浮かんでいる。微かに草の匂《にお》いを含んだそよ風に、名前も知らない黄や白の花が揺れていた。平和だ。

歩きながら、呉葉があれこれと雑談を振ると、イザークはいつもどおり応じてくれる。

このところ忙《いそが》しかった王宮での話も、教えてもらえる範囲《はんい》で聞くことができた。ラシッドが今はハイダラで沙汰《さた》を待つ身になったとも。

ついでに、「結局、婚約が偽装ってアイシャ姉上に言うに言えなかった……」とため息をつくのには、「ドンマイ」と頬を掻《か》いてしまった。いやあ、同じです。言えませんでした。

そこで。

「……ごめんな、クレハ。また苦労をかけた」

申し訳なさそうにイザークが声を落とすので、呉葉は目を瞬《まばた》いた。

「？　別になんの苦労もかけられてないし、またって何？」

「いや、あんたならそう言うと思ってたけどさ。かけただろ。ラシッドの件で。……またってのは、ジョアン・ドゥーエの件だって、そもそもの原因は俺がらみだったんだから」

「どっちも苦労にカウントしてないし、そもそも苦とも労とも無縁《むえん》な話と思ってるけど」

「……ほんっと、予想どおりの答え返してくるよな」

苦笑まじりにイザークは肩《かた》を竦《すく》める。どことなくその表情に、あの夜と同じ翳《かげ》りを感じてしまい。呉葉は思いきって、尋《たず》ねたかったことを口に出した。

「あのさイザーク。ずっと気になってたんだけど。そのラシッドをボコりに行った時の別れ際、なんだか凹《へこ》んでなかった？」

「え」

「今も。顔が暗い気がする。……いや、話したくなかったら、無理に話すことないんだけどね」

一緒にいた時だったから、私が何かしちゃったのかと思って。無神経なことを言ったりしてしまったなら謝りたい。そう素直に告げると、一転して、イザークは心底意外そうな顔になった。寝耳《ねみみ》に水《みず》、と墨書《すみが》きしてある。

「へ⁉　あんたが何かって、いや、……ないない！　単に、俺自身の問題だよ」

「イザークの？」

「そう。あー……まあ。だめだな俺は、と。ちょっと自己嫌悪《じこけんお》でさ」

「え？」

自己嫌悪とは。

(なんか自己嫌悪ポイントありましたっけ。あの時)

疑問符《ぎもんふ》を浮かべて首を捻《ひね》る呉葉の前でガシガシと黒髪《くろかみ》を掻き、イザークは眉間《みけん》に深く皺を寄せる。

「あんたの横に立てるだけの度量《どりょう》の男にはなりたいんだよ。少なくとも、俺のせいで迷《めい》惑《わく》をかけたくないって。自分の身から出た錆《さび》くらい、一人で処理できるように」

むしろ本当は、俺こそがクレハのことを助けたいって。誰よりも気兼ねなく頼ってもらえて、いちばん力になれる人間でありたいと思ってる。

「なのにまた、結局あんたの力を借りちまった」

イザークはそう言うと、顔をクシャリと歪《ゆが》めて笑った。

「そう思ったら、なんか情けなくなって、さ。いや、やっぱクレハはすごいな。俺じゃ全然追いつけねー！　って焦りもあって……」

(はい⁉　いやいやいやいやいや！)

その言葉に、今度は呉葉の方がぎょっとする番だった。さっきから、お互《たが》い寝耳に水をかけ合う大会でもしている気分だ。中耳炎《ちゅうじえん》になってしまう。

「ちょ、ちょ、ちょっ！　待ってよ。何、イザークそんなこと考えてたの⁉　全然追いつけないのは、こっちの台詞なんだけど⁉」

予期せぬ大声が出て、呉葉は思わず自分の口を押さえる。

しかし、ここで引き下がっては元も子もないと、意を決して拳を握る。案の定、イザークは目を丸くしていた。

「……イザークはすごいよ。だって私、今までイザークみたいに、肩を並べて戦ってくれる人なんていなかった。いや、戦うだけじゃなくて、安心して背中預けてもいいかなって思える人なんて、一人も」

――彼と一緒に戦っていると、とても楽だ。

それ以上に楽しい。彼が自分に魔法《まほう》を指南《しなん》してくれているからか、それとも自分が鳴鐘《なるかね》流《りゅう》を彼に教えているからか。

息が合うとでも言えばいいのだろうか。とめどなく話し続けている時でも、ふとした瞬間に会話がやんで、意味もなく沈黙《ちんもく》を共有している時でも。

とにかく、息が詰まったり、気まずく感じたりする時間がない。彼の近くにいると、呼吸がしやすい。

（でもそれは、別に気が合うからとか波長が同じだからってだけじゃないんだ。私が、……常識が根本からまったく違う異世界から来て、合ってるのは性別くらいで年齢《ねんれい》も容姿も体形も一つも共通点のないクレハちゃんの身体《からだ》を託されて、……それでも〝楽〟でいられたのは）

そんな風に自然に感じさせるほど。

彼が、あまりにさりげなく、サポートやフォローをくれていたから。

（なかなかできることじゃないって、そんなの）

とりあえず野生とガサツが服を着て闊歩《かっぽ》している呉葉には無理難題《むりなんだい》である。

「ジョアン・ドゥーエと戦った時、自分が合成獣《キマイラ》の毒でボロボロになるのも厭《いと》わずにかばってくれたよね。そのあとだって、怪我《けが》をしてることもおくびにも出さなかった。……それって私に心配かけないように、でしょ」

謝ろうと思っていたけど、謝るのは何かが違う気がして言えなかった。

一緒に戦っている時に、イザークはいつも呉葉の背中を守って、好きなようにさせてくれる。それが、たまらなく頼もしくて。

言葉にできないくらい、嬉しい。

「いつもありがとう、イザーク。ずっとお礼言いたかったの。だから、何もできてないとか追いつけないとか言わないでよ。この世界に来て、イザークがいなかったら今の私はなかったんだよ。ずっとずっと助けてもらってる。イザークが私に敵《かな》わないって思ってるなら、私だってそう。お互いさま。どっちが上とかない。ましてや私の方が先に進んでるとか絶対、ない」

大きく息を吸い、それから。意を決して、一言。

「だって私は私で、イザークはイザークで。――それでも私はイザークの隣《となり》に立ちたいんだもの！」

クレハ・メイベルとして幸せになるとはどういうことか、ずっと考えていた。

この世界で生きていく上で――本物の彼女に残りの人生を託された身で、『自分』のこれからをどんなスタンスで捉《とら》えればいいのか。

頭を悩ませ続けていた課題について、今日のテオバルトとの会話で、道を示してもらえた気がする。

（結論としてはぼんやりだけど……自分に嘘《うそ》をつかないこと。心のままにやりたいと思ったことをやって、守りたいと思ったものを自分の手で守っていくこと、かなって）

もちろん一人ではどうにもならないこともあるけれど。そういう時に、そばにいるのがイザークだったらいいなと、ラシッドと戦った時に思ったのだ。

色々と頭の整理ができてきた呉葉に比して、イザークは混乱の渦中《かちゅう》にあるようで。未《いま》だに、鳩《はと》が豆鉄砲《まめでっぽう》を食らったような表情のままである。

（あれ？　なんかいまいち伝わってない？　ええと、だから私――）

ええいままよ、と。呉葉は、頭に浮かんだ言葉をそのまま声に出してみた。

「長くなったけどつまり、アレです……私！　この間の告白、嬉しいかもしれない！　ってこと！」

（というわけなので――その、なんだっけ⁉）

やはり大脳筋は使うと摩耗《まもう》が激しい。言いたかったことが行方不明《ゆくえふめい》だ。

「え……」

しかし直後、呉葉もパニックに陥《おちい》る。

何せ、それを聞いたイザークが固まったのち、一瞬のうちに見たこともないほど赤面したもので。

「あの、イザ」

何か言おうとした瞬間。

ばふっという音と共に思いっきり黒衣の胸に抱き込《だこ》まれ、呉葉は目を白黒させた。

――イザークに抱きしめられている。

それがわかって、今度は呉葉の頰《ほお》も真っ赤に染まった。恥《は》ずかしいやら驚くやら、とりあえず不安定な姿勢だったもので、もぞもぞと動いてみる。

（ど、ど、どうしよう⁉）

こんな風に、家族でもない誰《だれ》かに抱き込まれたことなんて人生初だ。そもそも、身長百八十オーバーの筋肉喪女《きんにくもじょ》を包み込める体格の人間がいなかったのもあるけれど。

「あの、イザーク苦しい」

「無理」

「何が」

「離《はな》すのは無理」

――たぶん俺、すごい顔してるから。

(すごい顔って何！)

お互いの位置の関係上、耳朶《じだ》に直接吐息《といき》が触れるような声で囁かれ。思わず呉葉は、ぼっと頭から湯気を噴《ふ》くような心地《ここち》になった。

今までのイザークは、呉葉にとって、年下で年上で、秘密の共有者で。頼《たよ》りになる水先案内人で、新たな弟のようでもあり。気軽に話せる友人で、また頼れる戦友ですらあったけれど。そこに偽装婚約者に加わって、もう一つ要素が増えた。

――初めて好きだと言ってくれた人で。

初めて、好きになった人。

頭の芯《しん》までくらくら痺《しび》れるような昂揚《こうよう》に。呉葉は、そろそろと自分もその背に手を回してみた。

とりあえず。

「……また今度、改めてハンカチを受け取ってくれる？」

頼まれたから渡すものではなく。自分の気持ちで、ちゃんと意味を込めたものを。

こそっと小声で尋ねると、彼は返事の代わりに、抱きしめる腕《うで》に力を入れた。

お互いの赤らんだ顔を隠し合うような抱擁《ほうよう》は、――いつまでも散歩から戻《もど》らない妹と親友を案じて捜しにきたテオバルトに、間一髪《かんいっぱつ》バレる直前まで続いたのだった。

Ｆｉｎ．

あとがき

この本をお手に取っていただきありがとうございます。夕鷺《ゆうさぎ》かのうと申します。筋肉喪女《もじょ》をタイトルに冠《かん》する物語、一巻から約一年半の時を経て、まさか二巻目を出せようとは！　と感無量です。本当に、応援《おうえん》いただいた皆《みな》さまに感謝ばかりです。

また、厳しいスケジュールでお願いしてしまったにも関わらず、超絶素敵《ちょうぜつすてき》なイラストを仕上げてくださった南々瀬《ななせ》なつ先生（表紙の二人が初々《ういうい》しくて本当に可愛《かわい》い！）、いつも素晴《すば》らしいを飛《と》び越《こ》えて凄《すさ》まじいクオリティのコミカライズをご連載《れんさい》くださっている狛《こま》句《く》先生（先生の描《えが》かれるテオバルトお兄さん大好きです）、体調崩《くず》しまくってありとあらゆるご迷惑《めいわく》をおかけした担当Y様（お電話で「少女小説なのに●七とかの単語が出てくると夕鷺さんって感じがします……」という歯に衣《きぬ》どころか十二単《じゅうにひとえ》を着せたコメントをいただいて深く反省しました）はじめ、この本の出版・流通に関わってくださった皆さま。そして、今この本を開いてくださっているいつも温かな励《はげ》ましのお手紙をくださる皆さま。本当にありがとうございます。少しでも楽しんでいただければ幸甚《こうじん》です。

夕鷺かのう　拝

■ご意見、ご感想をお寄せください。
《ファンレターの宛先》
〒102-8177 東京都千代田区富士見 2-13-3
株式会社KADOKAWA ビーズログ文庫編集部
夕鷺かのう 先生・南々瀬なつ 先生

ビーズログ文庫

●お問い合わせ
https://www.kadokawa.co.jp/（「お問い合わせ」へお進みください）
※内容によっては、お答えできない場合があります。
※サポートは日本国内のみとさせていただきます。
※Japanese text only

薄幸《はっこう》な公爵令嬢《こうしゃくれいじょう》（病弱《びょうじゃく》）に、残《のこ》りの人生《じんせい》を託《たく》されまして２

前世《ぜんせ》が筋肉《きんにく》喪女《もじょ》なのに、皇子《おうじ》さまと偽装婚約《ぎそうこんやく》することになりました!?

夕鷺《ゆうさぎ》かのう

2023年５月15日 初版発行

発行者　山下直久
発行　株式会社 KADOKAWA
〒102-8177 東京都千代田区富士見 2-13-3
（ナビダイヤル）0570-002-301
デザイン　島田絵里子
印刷所　凸版印刷株式会社
製本所　凸版印刷株式会社

ISBN978-4-04-737489-8 C0193

定価はカバーに表示してあります。
◇◇◇

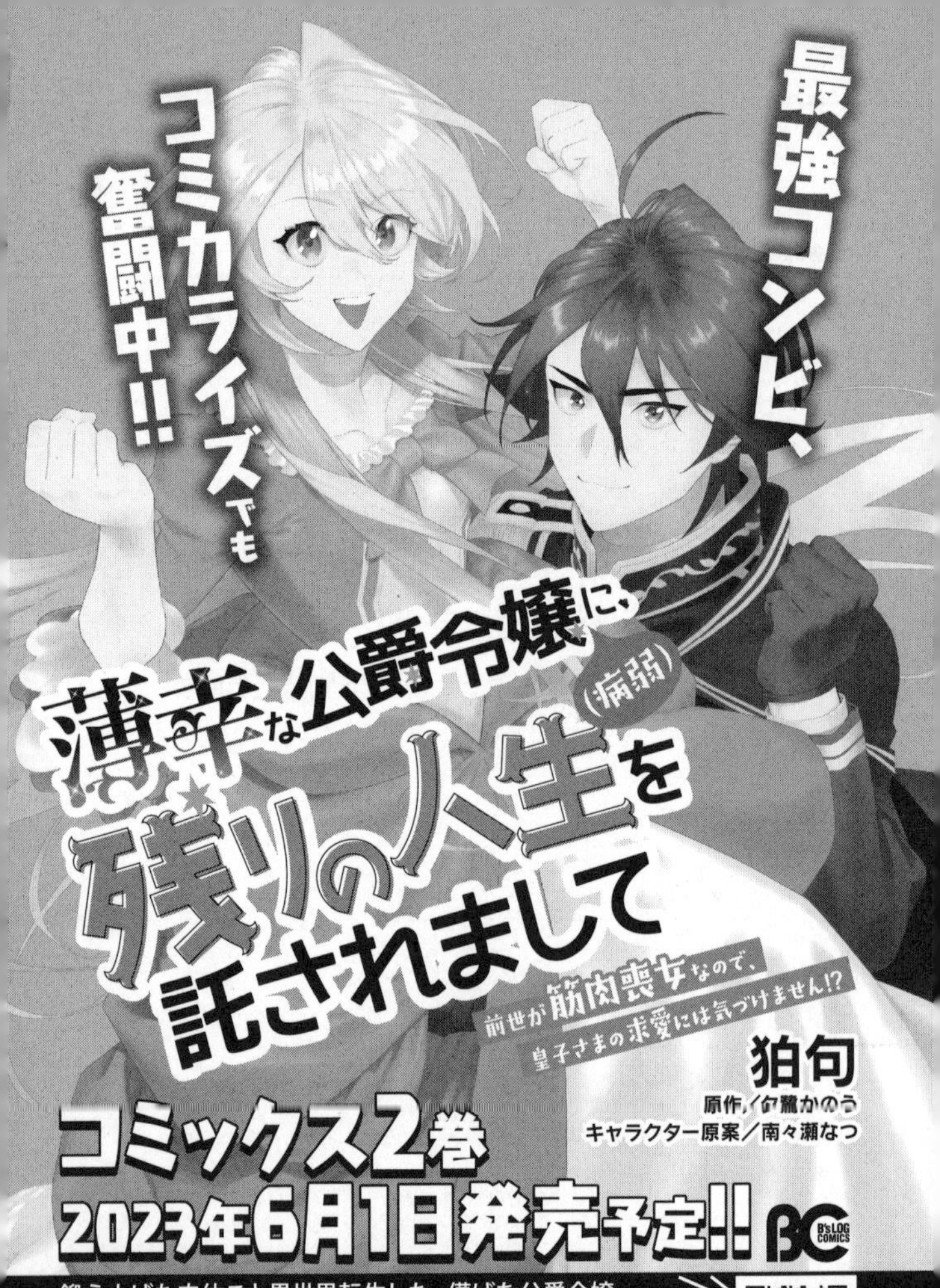

鍛え上げた肉体ごと異世界転生した、儚げな公爵令嬢クレハ（中身は筋肉）。事情を知った隣国の皇子イザークからこの世界について学んでいたら、二人の仲を兄のテオバルトに疑われ……。

第1話の試し読みはこちら★